I0452918

OTRAS CAVIDADES
SALVADOR LUIS

ELEKTRIK GENERATION

© Salvador Luis Raggio
Una publicación de Elektrik Generation
Primera edición: julio de 2017

Nota: «Coreografía para principiantes de coreografía» utiliza las primeras cuatro líneas de «Conejos blancos», de Leonora Carrington, mientras que el relato «Arthur Schopenhauer y el *meltdown*» se divierte con algunos párrafos del *El mundo como voluntad y representación*, de Arthur Schopenhauer.

Se prohíbe la reproducción total o parcial de esta obra, por cualquier procedimiento, sin la autorización previa del editor.

OTRAS CAVIDADES

ISBN-13: 978-0-692-92020-6
Imagen de cubierta: Istockphoto.com
Imágenes interiores: Fotos manipuladas digitalmente por el autor

Impreso en los Estados Unidos / Printed in the United States

A Frank Zappa y Jeff Lemire

Primera parte: Otras cavidades

El cielo parece un cerebro.
DAVID FOSTER WALLACE

Esa duplicidad

1

Por unas horas pensé que habíamos vuelto a los años de la facultad y a los bares de Milar's Crossing: Julia vestida como la cantante de un grupo de punk rock subterráneo pero con aquel peinado corto que la hacía parecerse a un personaje de Patricia Arquette. Después de cenar me di cuenta rápidamente, sin embargo, de que nada era de esa manera. El rostro de Julia había cambiado y exhibía una expresión neutra, no parecía estar bromeando conmigo al pedirme que me fuera de la cabaña, y me dio la impresión de que algo grave había tenido lugar en los minutos previos sin que yo alcanzara a percatarme. Era cierto, también, que habían pasado casi veinte años desde la última vez que nos habíamos desnudados juntos, aquella noche de graduación, en mayo de 1998, un poco ebrios los dos, besándonos la piel en una cabaña alquilada por un amigo, muy parecida a la que nos cobijaba esa noche. Quizá se había arrepentido de la llamada y del paseo, me dije. Ambos éramos ya mayores y habíamos pasado por sendos divorcios y otras tantas relaciones sin sentido. Ese mismo paso del tiempo, de alguna forma, nos hacía irreconocibles, materia de otra época y de un destino que parecía más brillante. ¿Cómo estar completamente seguro de las peculiaridades del rostro de Julia en ese momento, o de sus gestos, si lo poco que podíamos decir el uno del otro lo habíamos vivido cuando series de televisión que ya nadie recordaba se habían transmitido por primera vez? Mi manera de interpretar o leer a Julia con seguridad había cambiado en todo sentido; me basaba, como era lógico, en recuerdos de más de una década y en el conocimiento que tuvo otro hombre, una persona mucho menos detallista que yo, alguien que solamente tuvo sexo con ella en una ocasión, pero que nunca supo cómo se llamaban sus padres ni en qué ciudad del Noroeste había nacido;

eso fue lo que traté de decirme para poder entenderla y para poder entender lo que significaba «debes tomar la autopista de una vez.» Sus palabras, claro, sonaban muy distantes, pero me parecía estúpido, además de molesto, intentar forzarla a reconsiderar algo que aparentemente ya estaba decidido, así fuese arbitrario o completamente irrazonable. Julia me estaba echando de la cabaña que habíamos alquilado juntos después de tres semanas de salidas a restaurantes y charlas por teléfono. Desde luego no sabía cómo tomar su arrebato, pero tampoco deseaba indagar en su cabeza ni preguntarle el porqué: asumí, simplemente, que Julia era alguien que no conocía, que nunca había conocido del todo. Lo mejor, me dije después de meditarlo por un par de minutos, sería regresar a casa y olvidarme del paseo. Finalmente lo único que perdía eran doscientos dólares y un poco de gasolina. Era cierto que la ciudad estaba a dos horas de distancia y que tendría que conducir hasta entrada la madrugada del sábado, sin embargo algo me decía interiormente que debía partir, dejarla sola, y que ella encontraría la forma de regresar por su cuenta. La cabaña estaba abastecida para todo el fin de semana. Julia tendría tiempo de hacer lo que quisiera y llamar a un taxi o a alguien que la llevara de vuelta a St. Paul. Ya era asunto suyo. Así que tomé mi mochila y mi abrigo y abrí la puerta sin añadir nada más. Cuando salí de la cabaña, sin embargo, algo que no esperaba encontrar empezó a angustiarme. Sé que suena un poco extraño, pero allí afuera me di cuenta de que no podía reconocer el lugar donde me encontraba. Julia ya había cerrado con pestillo la puerta de la cabaña y apagado las luces, dejándome solo en esa referencia geográfica que se había transformado de improviso. La camioneta en la que habíamos llegado juntos aún se encontraba ahí, pero los sentidos de la vista y el oído y una sospecha repentina me decían que aquel espacio, aquel cielo nocturno y aquella tierra, no eran los mismos de cinco horas atrás. ¿Dónde se hallaban las nubes y los sonidos de los animales del monte? No había un solo insecto a mi alrededor. Solamente vacío. Y el suelo se sentía tan blando, como si estuviera hecho de tierra movediza, como si me estuviera hundiendo o como si algo lentamente me jalara hacia los intestinos del bosque.

2

Cerré la puerta con pestillo apenas cruzó la entrada. Al principio pensé que era una coincidencia demasiado matemática que las luces se apagaran así, de súbito, esa oscuridad repentina, pero rápidamente me di cuenta de que ya no me encontraba en el mismo lugar. La humedad y la impregnación en el ambiente se asemejaban más a la saturación que se podía sentir dentro de una cueva en el bosque. No quise moverme (o en realidad no pude moverme). Me mantuve con la espalda contra la puerta (o contra lo que recordaba era el lugar de la puerta), y aunque traté de definir alguna imagen o forma en la oscuridad de lo que había sido la sala, ninguna figura asomaba como coincidente o determinable. No había un solo rayo de luz en ese espacio recóndito, como si la luna y las estrellas hubiesen muerto irremediablemente con el chasquido de un dedo o como si las ventanas, de pronto, hubiesen cambiado sus cristales por fortificaciones que tapaban la vista hacia el exterior. Pensé enseguida en Frank, a quien había echado hacía tan solo un par de minutos de la cabaña. ¿Podía estar sucediendo allá afuera lo mismo que adentro? ¿Me escucharía si lo llamara a pesar de lo que le hice? Intenté comunicarme con él, pero Frank permaneció en silencio, o tal vez ya no se encontraba cerca (o quizá era yo quien se hallaba en cualquier lugar menos en el lugar de la comunicación). Todo, desde luego, había empezado a transformarse cuando llegamos a esa cabaña. Me fui dando cuenta cuando las palabras de Frank comenzaron a perderse ante mis ojos. Al principio supuse que se trataba simplemente de las copas de vino, creí que debía beber con más calma, a pesar de que nunca antes había tenido una sensación como esa, ni siquiera en la época en que me embriagaba con chicos y chicas que no conocía más que de una clase de historia o de la celebración de un partido de fútbol universitario. Debo beber con más calma porque ya no soy la muchacha de falda corta y botas negras de hace veinte años, me dije, porque me he divorciado más de una vez y los divorcios traen consigo canas y arrugas y con ellas experiencia y la experiencia conlleva aprendizaje. Debo beber con más calma para poder entender las palabras de Frank, me dije. Pero aunque hice un paréntesis entre la primera y la segunda copa, y aunque en determinado momento reemplacé el vino por vasos de agua (me sentía acalorada por el alcohol, dije como excusa, necesitaba beber algo fresco, añadí), las palabras de Frank comenzaron a distorsionar su amplitud con mayor frecuencia, y de pronto ya no solamente era la manera extraña (que llegó a ser inentendible) en la que se expresaba cuando picaba las trufas o las cebollas (mientras preparábamos la pasta que comeríamos esa noche), sino también la imagen de su cuerpo reflejada en la ventana que daba a la pequeña cocina. Su reflejo, desde donde yo observaba incrédula, había adelgazado radicalmente, no era la imagen del cuerpo de un hombre de unos cuarenta años, aún fuerte y atractivo, vestido para un fin de semana en el bosque, sino el de un personaje enjuto, un anciano de ojos grises que además respiraba de otra forma, con chillidos y silbidos, como si alguien estuviese sentado sobre su pecho, un anciano que cortaba las trufas negras mientras un líquido también negro escurría por su cavidad bucal, y que en esa agonía, y a pesar de la agonía, me miraba con cierta amargura, agitando la cabeza, como si deseara confesarme algo desesperadamente pero al mismo tiempo quisiera ahorcarme. A lo largo de esa noche vi a Frank ser él y también cambiar de forma, mutar por momentos y degenerar en aquel anciano demacrado para luego volver al rostro que conocía desde los años de la universidad. Al principio solamente en el reflejo, en las ventanas de la casa, pero después más allá de él, llevando los platos a la mesa con su andar encorvado, acercándome, con esas uñas amarillentas, la fuente de pasta y los cubiertos para que yo los colocara en el lugar que correspondía, o exigiendo de mala manera, sin dejar nunca de masticar como un hombre sin educación, un trozo de pan que luego enfangaba en aquel líquido negro de su boca. Cuando terminó la cena, lo observé fijamente sentado delante de mí: Frank era Frank (o parecía ser Frank en esa interpretación), y sin embargo el anciano enjuto no dejaba de respirarme en la nuca. No quería ni podía soportar que ese hombre, o esa bestia (o ambos si es que Frank y el enjuto eran un uno indivisible) se levantara e hiciera lo mismo. No quería dejar que Frank me tocase y por eso lo eché de la cabaña, los eché al bosque para no volver a verlos y tratar de recuperar la cordura. Y le dije a Frank (solamente a él se lo dije) que debía irse cuanto antes y tomar la autopista de regreso a la ciudad. Y ahora, sin embargo, me encuentro en esta caja ennegrecida y saturada de vapor, exclamando su nombre como si la última velada nunca hubiese tenido lugar. Y no sé si puede oírme (no sé si Frank puede escucharme allá afuera), porque creo que esta instalación recóndita se ha tragado la tierra a mi alrededor y que he perdido el dominio.

Animales sin salida

Cuando el segundo César Aira entró en el baúl y trató de encender la lámpara de pie, el primer César Aira ya se encontraba dentro. No había mucho espacio para ambos, sin embargo uno de los dos decidió ser más considerado que el otro y se quitó las gafas para aplacar un poco aquella incomodidad espacial, originando, de esa manera tan simple, la primera gran discordia entre los dos escritores. Al primer César Aira (no el primero en nacer sino el primero en entrar en el baúl) le molestaba que el segundo César Aira se quitara las gafas sin preguntarle si él deseaba sacárselas antes. De acuerdo con las creencias y modales del primer César Aira, un simple foráneo no tenía la autoridad suficiente para tomar una decisión de esa índole en los territorios de un baúl que indudablemente no le pertenecía. En realidad, el baúl no le correspondía materialmente a ninguno de los dos, sin embargo el primer César Aira, por ser el primero en hallar aquella caja decimonónica en la parte trasera de una motocicleta, se sentía de cierta forma privilegiado y dueño de derechos que el segundo César Aira no ostentaba o no quería ostentar (como bien habrá intuido el destinatario de este texto sobre dos escritores que se localizan dentro de un baúl, el segundo César Aira era un hombre un tanto menos narcisista que su clon, solo un tanto, claro, porque todo iba a empeorar irreversiblemente después). Lo que sucedió a continuación (es decir, antes de la verdadera disputa entre los autores involucrados) fue una breve pausa sin emisiones de sonido, una pausa que no fue ni muy incómoda ni muy severa, tan solo un instante de tiempo silencioso que de forma poética diferenciaba el momento de la paz (imaginar aquí un cielo despejado) del de la auténtica confrontación (y luego un mar negro en el que flotan ejércitos rasos y sus bayonetas). El segundo César Aira, sin mediar ningún tipo de exhortación, empezó a despojarse de la ropa que vestía, primero se sacó los zapatos, luego las calcetas, y poco a poco fue haciendo a un lado un par de pantalones de mezclilla, un suéter de manga larga y las dos piezas de ropa interior que llevaba sobre el tronco y la ingle (cabe recordar en este punto que tanto el primer como el segundo César Aira permanecían en el baúl, y que los movimientos del segundo César Aira causaban no solo fastidio sino también innecesarias frotaciones entre dos cúmulos de materia que en el fondo no deseaban tocarse). Al primer César Aira le pareció aberrante y al mismo tiempo fatídico que el segundo César Aira se desnudara delante de él y con la lámpara encendida (circunstancia que, por cierto, incrementaba su pesadumbre de manera exponencial), entregándose de inmediato al asco y a la insatisfacción de sentir que su propio cuerpo se entrelazaba con su propio cuerpo en una especie de broma absurda o escena de filme transgresor acerca de ciertas costumbres indecorosas en las sociedades más rezagadas del mundo occidental. Una vez librado de la tirantez de la ropa interior, el segundo César Aira acomodó de la mejor manera que pudo piernas y pies, intentando asemejarse a un combatiente de artes marciales mixtas, y alzó los puños como una señal de bravura y autosuficiencia reminiscente de una compilación de tarjetas plastificadas sobre el arte de la guerra (es cierto que en realidad no alzó los brazos, solo los frotó sudorosamente entre su abdomen y el del primer César Aira hasta llegar a la altura de ambas quijadas, pero gracias a su rápida disposición para la lucha mostró tanto la disciplina imprescindible en un guerrero contemporáneo como el respeto por las reglas de la pelea, a pesar, desde luego, de la falta de una jaula octogonal por hallarse ambos escritores dentro de un baúl decimonónico). El primer César Aira quiso entonces retroceder unos cuantos pasos y reorganizarse, poner en marcha una defensa coherente y a la vez justificada, sin embargo fue incapaz de mover las extensiones de su cuerpo atascado más allá de unos cuantos milímetros: se encontraba, en realidad, inmóvil entre la madera del baúl y el segundo César Aira, y al mismo tiempo ahogado por los alientos irrespirables que esparcían la boca de su sorprendente contrincante y la suya. En ese momento crítico algo le indicó al primer César Aira que si quería demostrarle al segundo César Aira quién tenía el verdadero control de lo que sucedía dentro de aquel espacio cerrado, debía quitarse las gafas inmediatamente, revelar, con un auténtico gesto enérgico, con cierto frenesí performático, que el amo y el señor del baúl era él. Y así lo hizo segundos más tarde, no sin cierta intertextualidad que reforzaba románticamente ya no solo la esencia de un combatiente de muay thai sino también la imagen de un bandolero del Lejano Oeste: hinchado de veneno, mostrando los colmillos al igual que un gato cósmico, el primer César Aira se despojó de las gafas como si estuviera a punto de patear a alguien que acababa de caer al suelo y las lanzó directamente al rostro del segundo César Aira (lanzar es un verbo un poco exagerado en este caso en particular, lo correcto sería decir que se las sacó con violencia y que las gafas rebotaron en el rostro de su contrincante, ya que la distancia entre uno y otro clon era muy corta, seguramente de no más de dos centímetros). Como era de suponerse, el segundo César Aira se mostró sumamente enfadado una vez recibido el golpe del primer César Aira; era posible observar en su cuello los trazos marcados de las venas y un color rojo encendido en gran parte de su fisonomía. La singularidad del momento, la presión del instante, toda la energía que contenía en sus células eucariotas y que lo distinguía como un ser viviente se concentró en su cabeza, en la parte más dura de su cráneo, y de esa manera, con la frontalidad y la irreflexión de un íbice ibérico que reta al jefe de la manada, el segundo César Aira embistió al primer César Aira con un testarazo que hizo retumbar profundamente los confines del baúl. Lo que sucedió después, dependiendo de la versión consultada o de la filmación a color o en blanco y negro, puede entenderse como una situación abstracta en el mejor de los sentidos, cuya indeterminación esencial provee pocas respuestas a quienes se animan a inquirir por ellas (en realidad, lo correcto sería decir que la respuesta total es el vacío, y que el vacío es en el fondo un tipo de materia inaccesible y oscura). Hasta donde se sabe, el primer César Aira y el segundo César Aira nunca asomaron del baúl después de aquel encuentro, y la caja decimonónica, ahora inexistente salvo por una insignificante manija de metal, fue desmantelada durante una exhibición pública por un grupo de estudiantes de termodinámica de la Escuela de Tecnología de la Universidad de Bremen, en Bremen.

La desquiciada bailarina Zelda Sayre

Al pensar en ella me resulta inevitable no evocar la imagen del tutú. Tutú es una palabra que siempre me ha conmovido, tan escueta y sin embargo tan musical. Tutú. Tutú también es el nombre vulgar de un ave de rapiña, pero el tutú que evoco no tiene plumas ni se alimenta de carroña: es el traje que vestía Zelda en la primavera de 1930, cuando sufrió su primera crisis nerviosa ante la mirada atónita de una muchedumbre de cuerdos. Me sitúo en esas mismas calles, quizá tomando un café o a punto de subir al tranvía y, de súbito, como un vendaval en la planicie, aparece el bendito tutú rosa pálido dejando tras de sí nada más que bocas abiertas. Desde luego, tan solo es rosa pálido en mi imaginación, ya que no cuento con un dato más estricto que me impida colorearlo con ese lápiz.

Se apellidaba Sayre y no Fitzgerald, o no siempre Fitzgerald. Supongo que es una aclaración justa, a pesar de que algunos dirían que no se puede hablar de Zelda sin transformarla en un personaje de carne y hueso del universo de su esposo. En ocasiones Zelda pierde la individualidad y carga con el fardo de la debacle del novelista convirtiéndose en una suerte de ultradesalmada Yoko Ono del foxtrot. Sin embargo, hubo una Zelda Sayre antes de Zelda (Sayre) Fitzgerald. Y esa era la mujer que Scott amaba. Y la amaba, precisamente, porque jamás hubiese podido inventar un personaje con esas medidas.

De algún modo, la mayoría de las malas relaciones humanas son parasitarias, algunas más cordiales que otras, pero sin duda suele existir un sujeto que se alimenta y crece con sustancias producidas por un organismo mayor que lo acoge. Si prestamos un poco de atención, en el caso de Zelda y Scott este postulado de la relación amorosa parasitaria se cumple de manera perfecta. En cierta forma, Zelda no es solo la benefactora del novelista sino también del hombre. Es sabido, por ejemplo, que el manuscrito original de *A este lado del paraíso* fue rechazado por Scribners Book Co. al menos una vez antes de su publicación; esto podría mirarse como una nadería, no obstante, si Zelda no hubiese condicionado su matrimonio a cierta estabilidad económica, tal vez Fitzgerald no habría revisado el libro tan arduamente para que la misma editorial lo publicara unos cuantos meses después y ambos pudieran casarse. Qué mejor incentivo para Scott: o recibes un adelanto por tus libros o te despides de mí para siempre, eso pondría en marcha a cualquiera. En este caso, desde luego, los papeles se invierten, ¿quién es el personaje y quién el autor? ¿Existe un universo sayriano que contiene el universo de Fitzgerald? ¿Existe Scott sin Zelda? La hipótesis de la invención de Fitzgerald por parte de su esposa cobra mayor fuerza cuando reparamos en la Daisy Buchanan de Gatsby (una especie de aproximación ficcional a su mujer), o en la temática de la traición que se intensifica en la obra de Fitzgerald a partir de aquel coqueteo de Zelda con un joven aviador francés llamado Edouard Jozan. Scott anotó en uno de sus cuadernos que sabía que luego de aquel incidente de septiembre de 1924 algo irremediable había ocurrido. Aunque lo más preciso sería decir que lo irremediable acaeció en julio de 1918, cuando Scott y Zelda tuvieron su primera conjunción en un salón de baile.

Con el correr del tiempo la relación marital viraría. Zelda siempre fue un espíritu impetuoso y un día tomó la decisión de escribir «en serio». Durante su adolescencia ya había cultivado diarios y epístolas, y aunque en algún momento Fitzgerald pensó que eran escritos enternecedores, con el paso de los años se dio cuenta de que no le convenía tolerar que Zelda, solamente una *flapper*, la «muchacha más atractiva de la escuela secundaria Sydney Lanier de Montgomery, Alabama», según los compañeros que votaron por ella, fuera una persona dotada para la literatura. Para él ya era más que suficiente que su mujer fuese un rostro de ojos azules con quien perderse en coches descapotables y darse chapuzones en la fuente del Hotel Plaza. Es cierto que publicaron algunos cuentos como pareja, unos pocos aparecieron con la firma de Scott a pesar de que provenían de la pluma de Zelda, pero se trató de una decisión compartida para ganar un poco más de dinero cuando este hacía falta. En alguna entrevista, sin embargo, Zelda habló de un diario que desapareció misteriosamente al principio de su matrimonio, y de un tal «Sr. Fitzgerald», así le llamó aquella vez, que parecía creer que «el plagio empezaba en casa.» El comentario es de 1922, época en la cual Zelda todavía estaba en control de sus facultades mentales.

No cabe duda de que Fitzgerald la amaba, y nadie podría poner en tela de juicio su bagaje literario, inspirarse en el diario de la esposa no es el crimen más grave que un escritor puede cometer; pese a ello, es obvio que no estaba del todo conforme con el potencial literario de Zelda y más de una vez le pidió que no volviera a escribir ficción. Resultaba más conveniente que ella fuera su musa y no su competencia. A cambio de ello, Fitzgerald pagó los viajes a la Riviera francesa, la casona en Delaware, y apoyó la pintura, las lecciones de ballet y el alcoholismo de ambos, que en su caso lo hundió antes de tiempo.

No es ingenuo pensar que en esta relación parasitaria Scott hace el papel de parásito y Zelda el del organismo que provee. Es cierto que Zelda no proporciona directamente los bienes materiales, pero sí gran parte de la experiencia vital, y es a partir del diagnóstico de la esquizofrenia, la primera muerte de Zelda Sayre, que Fitzgerald se apaga como ser humano y como autor. Luego no sería más que un borracho, un guionista mediocre que alguna vez mantuvo a Ernest Hemingway. Vería a su esposa por última vez en 1939 durante un triste viaje a Cuba, y un año más tarde, en el apartamento de una mujer que casualmente le recordaba mucho a Zelda, su cuerpo quedaría deshabitado.

Zelda Sayre se fue entre flamas ocho años después, aguardando una sesión de electroshock en el sanatorio donde fue recluida porque ya le era imposible desenvolverse en sociedad.

Cuando pienso en ella, no pienso en una mujer calcinada, o en el incendio que la escoltó junto a otras pacientes hacia el otro mundo. Yo más bien prefiero evocar el tutú. Zelda ya había enloquecido, y esta, efectivamente, es una imagen que eterniza su ocaso, pero no importa que Zelda haya saltado de un taxi en movimiento y que no desee llegar tarde al estudio de la profesora Egorova, donde practica ballet; no importa que uno de sus ojos carezca de retina, y que esa peculiaridad, que en la cordura la hiciese una de las jóvenes más bellas y encantadoras de Montgomery, se haya convertido más tarde en la primera insinuación de su demencia. Eso es lo de menos. Por un instante tan solo prestemos atención a ese tutú, observemos cómo se agita mientras Zelda corre. Tutú es una palabra tan escueta y sin embargo tan palpitante: tutú.

Voz de un aliado

Son más de las diez y media y todavía no envuelves el cuerpo con las sábanas. ¿Qué estás esperando, Martín? En cualquier momento podría llegar tu amante. Él le tiene fobia a todo esto, no lo olvides. Podría desvanecerse si es que entra en la alcoba y descubre el cadáver sobre el piso del baño. Tal vez no pueda dormir tranquilo por varios meses. Te podría abandonar. Debes actuar de inmediato para que no se lleve la peor parte; después de todo, quien ideó este lastimoso rito de expiación fuiste tú.

Todavía hay tiempo suficiente para arrojar el cuerpo al terreno baldío y regresar al apartamento sin ser sorprendido por nadie. La señora del tercer piso hiberna apenas suenan las ocho, así que no tienes por qué inquietarte por vecinas impertinentes. Además, está a tu favor la lluvia que cae en estos momentos. Ella obliga a los conductores a manejar con mayor precaución. Tu amante no es precisamente un hombre que abuse de las vías rápidas ni de los riesgos, sin ser dadivosos podríamos estimar su llegada una media hora más tarde de lo usual. No temas, Martín, recuerda lo que decía tu padre cuando eras más joven: «Los hombres no saben lo que es el miedo.» Discúlpame por sonar tan sardónico, pero en vista de las actuales circunstancias reciclar los pobres estereotipos de tu padre no nos vendría mal. Debes enfrentar los deslices con temple, querido Martín.

De acuerdo, ambos sabemos que estás un poco turbado y que las flaquezas te causan agobio. Sé que cada nueva vez te cuesta más cometer estas atrocidades, pero olvídate de la pesadumbre por un rato y mira a tu alrededor. Ese cadáver te puede acarrear una infinidad de problemas si es que no lo sacas del baño inmediatamente. Y en estos momentos no me refiero a tu amante, quien obviamente sería uno de los mayores perjudicados; yo más bien estaba pensando en los vecinos, en el podólogo, en Sammy y en Lucio, y por supuesto en tus arrendatarios. ¿Te imaginas si se enterasen de la clase de vida que llevas? Abandonarían en el acto la casa. Es obvio, ellos tienen hijos regordetes y mascotas que mueven la cola, son demasiado tradicionales para tu tipo de vida. Por más fastidio que te cause el reclutamiento y traslado de cadáveres, tendrás que sobreponerte y continuar como si nada hubiese sucedido. Es eso o confesarle la verdad al resto de seres humanos. En su debido momento tuviste la oportunidad de ser otra persona, de vivir sin tanta algarabía, le hubieses hecho caso a tu padre cuando te ofreció ayuda, querido Martín. Ahora, desdichadamente, estás muy mayor como para reordenar tu vida. La próxima semana cumples medio siglo, pequeño. No lo olvides.

Y pensar que hasta hace un par de años aún gozabas de un físico relativamente envidiable. En los bares de la costa nunca faltaban los enamoradizos que competían por tocar tus brazos. Siempre los tuviste perfectamente nutridos; ellos y ese cabello castaño fueron tus mayores orgullos por mucho tiempo, a pesar de que el segundo fuera levemente artificial, ya sabes, por el servicio del tinte y esas cosas. En realidad, las máquinas del gimnasio también ayudaban a mantener tu cuerpo en armonía, pero en el fondo esas son pequeñeces que no tienen la menor importancia, Martín, ya que «todo vale cuando se trata de alimentar el espíritu.» ¿No es cierto? ¿No fue esa la frase que acuñaste de adolescente cuando fumabas marihuana a escondidas? Te he escuchado repetírsela a todos y a cada uno de los que han acariciado tus pectorales, excepto a este último, al amante que ojalá se demore más de lo acostumbrado. Nunca he sabido por qué no se lo dices también a él, se lo ve tan decente y afable. Perdóname, Martín, pero este nuevo muchacho es mucho más estético que el contador con el que andabas meses atrás. No te puedes imaginar cuánto repudiaba a ese tipo, codearse con él era realmente denigrante. En cambio con el nuevo todo es distinto. Es alto como tú, no desproporcionado, y sus ojos azules brillan de una manera muy singular. ¿Sabes a quién me recuerda? Al noruego que pasó por el puerto cuando trabajabas en aduanas. ¿Cómo se llamaba?... Bueno, él sí que era todo un espectáculo, y tenía unos pómulos tan llamativos como los de tu nuevo amante. ¿No te parece?

Ese noruego te lo hizo una vez sobre una mesa. Era un verdadero animal, ni siquiera se quitó los pantalones. Pero esencialmente era esa falta de modales lo que más te atraía de él, aún más que sus pómulos. Fue una verdadera lástima que tuviera que regresar a su país. Te conozco y sé perfectamente que te hubiera encantado continuar viviendo aquel desenfreno por un par de años más, ¿no es cierto? Pero ahora las cosas son distintas, juegas a la vida de otra forma. En la actualidad hay que cuidarse del sobrepeso y frotarse la crema humectante a diario para paliar las arrugas. Ahora, más que en el pasado, hay que procurar ser discreto y muy mimador con los amantes, pues solo los mimos y la discreción aseguran una relación sólida. Y claro está, el dinero, eso jamás será prescindible. Sin esos papeles impregnados de gérmenes no se puede vivir en este mundo atroz. Pero no te agobies por él, Martín. Mientras los inquilinos continúen pagando el arriendo con puntualidad, todo caminará sin problemas. Además, siempre tendrás la herencia que te dejó Abigail. Qué lindo gesto tuvo tu pobre hermana; yo nunca comprendí cómo nos dejó tan pronto. Definitivamente, es muy cierto eso que dicen en las telenovelas, que nadie es dueño de su destino ni de su corazón. Abigail no te heredó millones, pero siendo juiciosos se puede vivir plácidamente de aquellas inversiones y propiedades. Tú eres muy hábil con los números, estoy ciento por ciento seguro de que sabrías qué hacer en caso se presentara alguna emergencia, inquilinos morosos o algo por el estilo, y tuvieras que tocar parte de ese dinero.

Hablando de herencias, ¿pensaste en lo que te dije hace unos días? Sé que fui un poco latoso, pero sabes muy bien que no sé comportarme de otra forma, querido; la falta de pelos en la lengua es la que no me lo permite. Bueno, te hacía la pregunta porque no me parece correcto que lo sigas aplazando, Martín. Recuerda: *nadie es dueño de su destino*. Mientras más rápido arregles esos documentos, más tiempo habrá para relajarse. Deberías hablar con Lucio, como él es tan relacionado seguramente conoce a la persona idónea para el trabajo. Dile que te recomiende a alguien de confianza, siempre es mejor así. Ya sabes cómo son algunos abogados, a veces se aprovechan hasta de su propia sangre. Francamente, yo no entiendo a esa clase de profesional, se memorizan cuatro leyes y dos palabras en latín y se creen con el derecho de mirarte por sobre el hombro.

Perdón, querido, discúlpame por haberme desviado del tema. Bueno, en resumen, y con esto te prometo que ya no hablo más acerca del asunto, busca un abogado confiable de una vez y redacta el documento con su ayuda. Sabes muy bien que no te digo estas cosas con mala voluntad, Martín; yo te estimo más que nadie, simple y llanamente te lo sugiero porque siempre es mejor estar preparado para una desgracia. Como eres muy obediente estoy seguro de que comenzarás los trámites *ipso facto*. Por supuesto, yo también conozco algo de latín, pero a diferencia de los estudiantes de derecho lo aprendí leyendo los clásicos y no en esos libros voluminosos que se memorizan ellos. *Ut longo tempore duret amor*, dijo el poeta.

Los romanos sí que sabían expresarse. Claro que su cultura, en muchos aspectos, era un calco de la griega. Aun así yo diría que no se les puede quitar ningún mérito a los patricios, nadie edifica imperios todos los días, ¿no, crees? Los griegos también eran dignos de celebración. ¿Cuánto darías por un viaje en el tiempo al año 500 a. de. J. C., Martín? Yo lo daría todo; daría todo por siquiera meter el dedo meñique en el ombligo de un heleno. A veces me dan ganas de fijar una cita con uno de esos psiquiatras poco ortodoxos para que me practique una regresión completa por medio de la hipnosis, ¿sabes? Tal vez resulte enterándome de que en alguna vida pasada fui maestro de despertar sexual y que ayudé a algún efebo a iniciarse en las artes corporales. ¿Te lo imaginas, Martín? ¿Yo pisando un ágora? Si la vida fuera como en los sueños, ¿no?

Bueno, querido, ya casi son las once de la noche. No puedes seguir prolongado el traslado de aquel cadáver por más tiempo. Es ahora o nunca, Martín. Envuelve el cuerpo con las sábanas y llévalo al lugar que acordamos. ¿Sabes qué podrías hacer? Podrías vestirte con ese atuendo que usaste en la fiesta de disfraces el año pasado. Póntelo sobre la ropa que llevas hoy y después, luego de arrojar el cadáver, deposítalo en algún contenedor de basura que encuentres por ahí. ¡Vaya, cómo no se me ocurrió antes! Pudiste disfrazarte de policía desde la primera vez. De todos modos, no olvides pasar por la botica y comprar alguna gragea para la sinusitis. Asegúrate de causarle una impresión inolvidable al farmacéutico por si fuera necesario contar con una coartada. Y recuerda que debes regresar por la calle que da al parque, ese camino es mucho menos transitado.

Sé que es un dolor de cabeza esto de cuidarse tanto, Martín, pero por lo pronto no tienes otra opción. Últimamente he tratado de encontrar una fórmula que te permita disfrutar de ambos placeres a la vez, ya sabes, del amante y de esto. El remedio no es sencillo, sin embargo la otra noche, cuando arrojaste al anterior, tuve un sueño diferente. Sé que te va a sonar descabellado, pero si lo piensas por un momento, te darás cuenta de que no es tan mala idea después de todo, modestia aparte, desde luego. Vamos a ver qué te parece, querido, se trata de lo siguiente. No sé si recuerdas aquel drama que leíste alguna vez en tus ratos de ocio, el que escribió ese hombre llamado Goethe. Dime una cosa, Martín, ¿estarías dispuesto a hacer lo mismo que su protagonista? No olvides que si llegas a un acuerdo definitivo, te podrías olvidar del doctor en leyes y del documento y del resto de tus preocupaciones. ¿Qué opinas? Dale vueltas a mi propuesta esta noche. Piensa que podrías empalagarte con ambos dulces y por el tiempo que tú mismo escojas, siempre y cuando te animes, lógicamente. Como eres muy sensato sé que vas a poner manos a la obra a primera hora. Lo único que tendrías que perder sería tu alma, y en estos momentos desperdiciarla es lo de menos teniendo en cuenta su reducido valor. En realidad, esa es la mejor parte de todo este asunto, Martín, ¿no te parece? Ese tal Mefistófeles sería el mayor afectado. Prométeme que vas a pensarlo y a ponerlo en marcha en las próximas horas, querido... *Memento mori.*

Parábola de la elevación

Sus dedos transpiraban, pero aún tenía la fuerza suficiente para mantenerla suspendida en el aire por unos minutos más. Imaginaba que Antoinette era una pluma de garza, de esa manera era mucho más sencillo, a pesar de que el presidente del Club le gritaba algo acerca de la posible cancelación de su membresía y de que ella se balanceaba para soltarse de sus manos.

Estaba irritado consigo mismo por haberse dejado arrastrar hasta esa posición. «Si Antoinette no me hubiese tentado...», pensaba, como tratando de formular una explicación que fuese capaz de eximirlo del acabose, pero esa explicación no existía. Él había asentido y conducido hasta esa provincia lejana para formar parte de una banda de desquiciados. No hubo extorsión de por medio, tampoco imposiciones de parte de nadie. El equilibrista selló el pacto con su puño y letra y recibió la credencial de socio con una sonrisa casi infantil.

¿Pero por qué lamentarse en última instancia? ¿Por qué llegar a ese extremo y al punto de lo insalvable? Para esas interrogantes el equilibrista no tenía respuestas. Tan solo lo hizo. Y cuando miró hacia abajo, de pronto lo vio todo tan distante e inhumano que ya no pudo continuar. Lastimosamente, su cuerpo ya se encontraba arriba.

Y Antoinette le solicitaba con plañidos y endiabladas oscilaciones que le permitiera caer. Todos los miembros del Club se lo pedían desde abajo. Pero el equilibrista aguantaba, porque a causa de ese miedo fulminante había recuperado la sensatez que sus padres y hermanos habían aplaudido en un pasado más luminoso, y así, con aquella nueva consciencia pero al mismo tiempo incomodado por su suerte, se aferraba a Antoinette y a esa delicada cuerda floja.

De pronto, dos de los socios más antiguos del Club empezaron a trepar los postes temerariamente, como jaguares hambrientos, y a cortar la cuerda con la ominosa sincronicidad de un par de androides programados por el mismo sistema de ordenanzas, al tiempo que el resto de los espectadores del rito alzaba los brazos coreando: «¡Tanatoclub! ¡Tanatoclub! ¡Tánato! ¡Tánato!»

El equilibrista transpiraba desde arriba con los ojos cerrados, dolido consigo mismo por no haber pensado en las consecuencias de un acto tan negligente e inoportuno. Sabía que cuando los últimos filamentos cediesen, y Antoinette se balanceara con saña una vez más, el mundo y sus alrededores llegarían a su término ocho pisos más abajo, sobre una lona redonda y de color rojo donde tantos otros se habían entregado a la crudeza del afecto y a la celebración de un orgasmo crepuscular.

Status panicus

La reportera de la estación de televisión dice que nuestro raro empezó a disparar desde la torre del sanatorio hace unos diez minutos (aunque lo cierto es que el ataque de pánico se inició cuando los médicos se negaron a sedarlo por tercera vez, una media hora antes). Allá arriba Kenneth se ha encendido alimentándose de los treinta y tres generadores de la presa Grand Coulee, a más de mil cuatrocientas millas de distancia de Minnesota, y aunque todo esto parezca parte de la trama de una historieta de Los Cuatro Fantásticos, lo cierto es que solamente alguien con poderes de esa magnitud sería capaz de detenerlo.

Desde mi punto de vista, claro, la gente se merece lo que le toca, sobre todo los psiquiatras que no quisieron oír, y en ese sentido el espectáculo de energía eléctrica que nuestro raro está ofreciendo a millones de televidentes cuenta con todo mi consentimiento, sigamos vivos o no en esta tierra más allá de la próxima hora.

Lo llamamos «nuestro raro» porque en este sanatorio/hospital/centro de corrección de pacientes mentales él es el más extraño del grupo. Salvo algunas excepciones, como las personas reinventadas a partir de una psicocirugía, la mayor parte de nosotros estamos en el sanatorio para evitar procesos penales con la excusa de la demencia repentina o porque, a causa de inestabilidades de la vida de soltero, tuvimos alguna discusión fatal con un familiar o un trabajador bancario que no soportó las consecuencias de la telequinesis (yo, en realidad, me comí a mis hijos, a mis veintidós gatos, veintitrés contando el de mis vecinos, quienes me acusaron a los defensores de los animales y me metieron en aprietos con la policía).

Nuestro raro, sin embargo, carece de un historial criminal enmarcado en la sangre doméstica o la hambruna. Él, según lo que sabemos, vino por su propia voluntad después del fallecimiento del doctor que lo atendía desde la niñez, cuando su nuevo psiquiatra eligió un tratamiento más contemporáneo, psicoterapia centrada en el cliente y esos eufemismos de la era de la empatía, por supuesto con menos cantidad de drogas y con exceso de diálogos vivenciales acerca del desarrollo personal. A mí también me tocó una doctora así una vez, pero la devoré apenas pude (me alimenté de ella en sueños, claro, aunque mordí hasta sus costillas. No eran tan sabrosas como las de mis hijos y desde ese momento evité consumir médicos del sanatorio, no son para mí).

En una de nuestras sesiones de conversación grupal nuestro raro dijo que un día llegó sudando al consultorio de su psiquiatra (aquel segundo y moderno psiquiatra) y le pidió varias veces que lo medicara como había hecho su antiguo doctor. El hombre se negó rotundamente, explicándole además que había sido dopado sin razón por varias décadas y que su antiguo colega, que en paz descanse, tenía reputación de bárbaro y de misógino (esto último no me consta, pero suena correcto cuando se trata de un acto de desprestigio, escuché la palabra en un telediario y desde ese momento la añado a todo: misógino Charles, misógino Nathan, misógina Judy, simplemente suena bien).

A nuestro raro, desde luego, no le gustó la negativa del hombre que lo consideraba un ser completamente normal, pero lo que más le enfadó, siendo la persona que es: un defensor a capa y espada de los antiespasmódicos y de los estabilizadores de humor, fue que el doctor le sugiriera nadar en la piscina de un centro de esparcimiento privado donde muchos de sus pacientes pasaban las tardes, porque nadar cuarenta y cinco minutos cada veinticuatro horas, comentó aquel psiquiatra, además de tonificar los músculos del cuerpo humano, aquieta y relaja la mente. Nuestro raro no pudo soportar más y se lanzó sobre su doctor de entonces para ahorcarlo solo lo estrictamente necesario (eso último lo entendimos los demás pacientes del grupo sin que nuestro raro lo dijera; era obvio, todos los cuerdos que estamos en el hospital lo hemos hecho alguna vez: fingir locura para obtener algo preciado, o para sobrevivir, o fingirla sencillamente para indignar a nuestras familias, sobre todo si papá o mamá fueron unos maltratadores o abusivos).

Lo que nuestro raro en verdad quería, más allá de la veloz venganza, era librarse de ese hombre enfermo que no le permitía seguir siendo un ciudadano medicado, un paciente sujeto al control de la receta psiquiátrica y a las regulaciones todopoderosas del carbonato de litio, que en su caso particular aquietaba al engendro de energía eléctrica que llevaba bajo la piel. Pero aquel mezquino y estúpido médico le dijo mil veces que no, y nuestro raro, sin otra elección que el histrionismo como táctica, se dejó llevar por la falta de comedimiento, ahorcándolo lo suficiente como para que la secretaria del doctor llamara a los guardias de seguridad del centro médico y lo derribaran, pataleando y con un mechón de cabello de aquel psiquiatra imbécil en la boca.

En su momento fue todo un espectáculo mediático. Según lo que se cuenta hasta el día de hoy en los pasillos de nuestro sanatorio, la historia traspasó las fronteras estatales y hasta sirvió de germen para una novela sobre negligencia médica. Incluso algunos de los doctores que trabajan aquí sienten un poco de miedo cuando interactúan con nuestro raro, no les gusta estar a solas con él y buscan siempre la compañía de los enfermeros más robustos. Lo importante, desde luego, es que nuestro raro consiguió lo que se propuso aquella tarde cuando asaltó a su retorcido psiquiatra, logró que las drogas correctoras volvieran a propagarse por su sistema circulatorio, que la medicina suprimiera las oscilaciones anímicas de su cerebro, su impulsividad eléctrica. Y no solamente alcanzó otra vez el imperio de los fármacos, lo que más deseaba, sino que gracias a la imagen de aquel mechón de cabello huérfano en su boca de perro rabioso logró también que lo recluyeran en este centro de corrección para pacientes mentales, en este reconfortante hospital que dirige la Fundación Spitzer, donde la mayoría de nosotros estamos de paseo porque el mundo exterior es un poco cuadriculado (salvo Kenneth, él no estaba de paseo, ya que nuestro raro tiene habilidades especiales, aunque en el fondo solamente sus verdaderos amigos sabíamos lo que podía suceder si lo presionaban).

A mí, a pesar de lo costoso del sanatorio, mi hija Beryl me paga la estadía. Ella tuvo una jubilación anticipada hace un par de años porque inventó una sustancia química bastante económica que sirve para el control de plagas. Beryl nunca me tuvo a su lado cuando era niña debido a que su madre se divorció de mí apenas se dio cuenta de la pasión que mostraba hacia los animales (mujer cauta, no está de más decirlo, por eso aún la respeto), y desde que me vio en la televisión a raíz del incidente de los veintitrés gatos, decidió reestablecer una relación padre e hija visitándome y mudándome también a este centro. Yo antes estaba en un hospital del estado, pero Beryl, con la ayuda de unos abogados amigos, me trajo a este lugar, que por lo que tengo entendido no es solo más grato a la vista, sino que queda un poco más cerca del suburbio donde ella vive.

No voy a negar que las camas y la gelatina son mejores en este hospital. Hay incluso visionado de películas una vez a la semana; sin embargo yo no soy muy amante de las imágenes, prefiero leer, y como me medican relativamente poco entiendo casi el ciento por ciento de las novelas que me obsequia Beryl; intento no inventar nada ni ver dragones donde no los hay. Algunos de nosotros tenemos la suerte de solo fingir que no estamos en nuestros cabales, no es tan atípico como la gente pensaría, el centro está lleno de cuerdos. Lo que sí echo en falta a diario, naturalmente, es el contacto con los animales, pero la rehabilitación me ha ayudado a llevarlo lo mejor posible.

Ahora, aunque parezca mentira, solamente extraño ciertas golosinas que no son parte de la dieta del hospital. Nada es perfecto. A pesar de ello, creo que se puede llevar bien el calvario mientras no falte lo indispensable. En mi caso, que no falten los libros. Beryl siempre me regala uno cuando viene de visita los fines de semana. Desde que le dije que me fascina la lectura se entusiasmó y ahora ando entre volúmenes de Norman Mailer y John Updike. A ella también le gusta leer, dice que para mi cumpleaños me dará una sorpresa. Yo solamente espero que no sea un Pynchon porque en febrero de 1977 intenté leerlo y después de la destrucción de mi apartamento quise arrojar a ese hombre por el balcón. Debo recordar decirle a Beryl que no recibiré ningún libro de Pynchon. Me causaría un enorme malestar reencontrarme con *Gravity's Rainbow* envuelto en papel de regalo. Aunque, a decir verdad, me da la impresión de que a mi hija le gusta leer a Pynchon. Tengo esa impresión desde que la cargué por primera vez.

Hay gente que lleva marcado en el rostro aquello del gusto por Pynchon. Uno puede darse cuenta automáticamente de que a ciertas personas les gusta leer a Pynchon y no equivocarse en absoluto. Por ejemplo, cuando veo a la enfermera Martha, sé que a ella no le interesa leer a Pynchon. Tiene rostro de que le gustan otros autores. Con el enfermero Andy sucede lo mismo que con la enfermera Martha, le interesan otras lecturas: novelas de Stephen King, porque me ha dicho alguna vez que es un apasionado de la Saga de La Torre Oscura, y que está esperando una versión cinematográfica con ansias. Tal vez Andy las escucha porque siempre que lo observo caminar por el centro de rehabilitación tiene puestos unos audífonos. Pero estoy seguro (tan seguro como que la teoría de la relatividad especial será objetada en los próximos cincuenta años por un adolescente de Milwaukee, ya que es una teoría extremadamente sobrevalorada) de que Andy no escucha audiolibros de novelas de Thomas Pynchon, porque a ese descarado y pomposo de Pynchon quién lo podría oír en voz alta, si leerlo en papel ya es esperar demasiado de la especie. Por supuesto, estoy también completamente seguro de que Beryl sí lee a Thomas Pynchon, lo noté en su rostro la primera vez que la cargué en brazos. Mi hija posee el gusto por Thomas Pynchon. Es una adicta. Veo la adicción en su rostro y siento un asco tremendo.

Con los años he aprendido a identificar a las personas que aman y leen a Thomas Pynchon. Es obvio que la enfermera Martha y el enfermero Andy no son seguidores de Pynchon, puedo deducirlo con tan solo mirarlos una sola vez, no llevan la marca de la adicción. Pero en el caso de Beryl sucede lo opuesto. Beryl tiene todas las señales de ser una seguidora de Pynchon porque lleva el nombre de Thomas Pynchon marcado en la frente, con grandes letras azules. Debo confrontarla antes de mi cumpleaños y decirle cuánto me avergüenza que sea una seguidora y amante de Thomas Pynchon. Decirle de manera enfática que la grosería llegó al límite y que no dejaré que siga ensuciando su nombre. Eso voy a hacer cuando mi hija vuelva a visitarme este fin de semana, antes de que pose en mis mejillas esos sucios labios con los que pronuncia el nombre de Thomas Pynchon y diga que somos una familia feliz.

Una transcomunicación instrumental

Ya es hora, doctor. Intervenga mi cuerpo de inmediato. ¿Está usted seguro, señor Ugaki? Sí, doctor, transforme mi cuerpo en aquella visión que le narré en la carta. Recuerde que si hago lo que me pide, su vida se convertirá en una eterna exhibición de atrocidades, en un circo de penumbras y mofas. Mi vida nunca ha sido mi vida, doctor. Por favor tenga la amabilidad de intervenir. Como usted diga, señor Ugaki. Sin anestesia, por favor, me gustaría sentir cada cisura. Así será, señor Ugaki.

¿Sabe lo que es un teseracto, doctor? Si la memoria no me falla, me parece que es un género de animal prehistórico, señor Ugaki. Me temo que no, doctor. Un teseracto es en realidad un hipercubo, una figura geométrica imaginada bajo la norma de un cuarto eje dimensional. ¿Cuatro dimensiones dice? Sí, doctor. Pero nuestro mundo es un espacio regido solamente por tres, señor Ugaki: anchura, altura y profundidad. Es cierto, doctor, el teseracto no pertenece a nuestro mundo, o al menos no al mundo que podemos percibir fehacientemente. ¿Una imposibilidad? Así es, una imposibilidad bajo la norma de las tres dimensiones. A veces tengo la impresión de estar viviendo dentro de un teseracto, doctor, o incluso de ser uno, siento por momentos que nadie es capaz de entenderme o de percibir mi verdadera forma. Fascinante, señor Ugaki, levante el brazo derecho, por favor, así, muy bien. Supongo que es lo mismo que experimenta a diario una persona como Diamanda Galás. ¿Sabe quién es ella, doctor? Tengo entendido que es una modista italiana. No precisamente, doctor. Diamanda Galás es una discontinuidad electroacústica y al mismo tiempo el lado más oscuro del arte, canta óperas anómalas conocidas como óperas-chillido. La verdad no conozco a profundidad los vaivenes de la música contemporánea, señor Ugaki. Soy más bien admirador de algunas bandas sonoras producidas durante los años de la anteguerra. Va a reírse de mí, pero las creaciones musicales posteriores a 1940 me causan algunas molestias en el abdomen. Diamanda Galás le encantaría, doctor, es una mujer «bestimunda». ¿Perdón? Es un neologismo, doctor. Todas las palabras fueron neologismos alguna vez. Por supuesto, señor Ugaki. Bestimunda... ¿Supongo que se refiere a una «bestia inmunda»? Así es, doctor, me gusta pensar a Diamanda Galás como una criatura que vive en el límite simbólico entre el compositor Edgard Varèse y la diosa Intercidona.

¿Quién lo seduce en verdad, doctor? ¿En qué sentido, señor Ugaki? Modelos, doctor, ejemplos a seguir. Yo, por ejemplo, tengo un profundo respeto por el profesor Moriarty de las novelas de Arthur Conan Doyle, y por J.R. Oppenheimer, el Padre de la Bomba Atómica; por distintas razones, claro. El primero, como usted sabrá, es un genio de la táctica criminal, tiene a toda la ciudad de Londres de rodillas y el propio Sherlock Holmes lo reconoce no sin cierta admiración. El segundo, por otro lado, es un hombre de ciencia que se da cuenta demasiado tarde de las implicaciones de una invención que puede causar la ruina total del mundo, pero que, finalmente, reconoce que lo que ha fabricado es indigno y de algún modo también muy humano. ¿Cree que son modelos decorosos, doctor? Eso depende de lo que usted considere decoroso, señor Ugaki. Cada uno distingue el decoro de acuerdo a procesos muy particulares, diría que en muchos casos es difícil coincidir en un modelo universal. Ahora, si no le molesta, por favor dirija la mirada hacia ese reloj en la pared. Es cierto, doctor, tiene usted una visión bastante objetiva de las cosas. Yo a veces peco de sentimental; reconozco que suele pervertirme un romanticismo militante. Desde luego ya se habrá percatado de ello al atender mi pedido de cirugía. La verdad nunca me detengo a pensar en esas cosas, señor Ugaki; es cierto que la suya no se trata de una operación habitual, pero estoy acostumbrado a lidiar con esta clase de pedido. Soy un cirujano especializado en singularidades. ¿Puedo preguntarle cuántas operaciones ha realizado desde que se inició en la práctica de la medicina, doctor? Según mis cuentas, que por alguna razón no coinciden con las de mi ordenanza, son exactamente dieciséis mil trescientas treinta y siete cirugías en noventa y tres años de práctica, contando la suya y las de los pacientes que por causas del destino no sobrevivieron a las primeras incisiones. Me gusta su franqueza, doctor. Gracias, señor Ugaki. Por cierto, le aseguro que su caso es distinto al de los pacientes con menos fortuna, hace más de cuarenta minutos pasamos la barrera de lo que juzgo el peor tramo de la cirugía cosmética.

Hay algo sin relevancia que quisiera contarle mientras prosigue, doctor. Por supuesto, señor Ugaki, lo escucho. Se trata de un epifenómeno que no tiene mayor influencia en el gran esquema que nos ha reunido el día de hoy, pero la persona que me lo describió dijo que la historia está basada en un hecho real. Adelante, me encantan los epifenómenos. Pues bien, doctor, todo empieza un día miércoles cuando un joven de dieciséis años ingresa a un salón de juegos y se detiene delante de una máquina llamada Galaga. ¿Galaga? Sí, doctor. ¿Sucede algo? No podría decírselo con certeza, señor Ugaki, pero me parece haber escuchado esta historia anteriormente, o al menos ese nombre. Descuide, señor Ugaki, prosiga. Muy bien, doctor. Al insertar una ficha en la máquina, el muchacho tiene una experiencia inusual. Reflejado del otro lado de la pantalla del videojuego, y aparentemente muy concentrado, hay un joven igual a él, solo que todos los objetos a su alrededor se hallan dispuestos a la inversa, y además con una pequeña peculiaridad en la esquina superior derecha de la pantalla: donde debe figurar el nivel en el que se encuentra el videojuego el joven puede leer la palabra JABBERWOCKY. ¿Jabberwockky? ¿Se refiere usted al mismo vocablo incomprensible que encontró Alicia a través del espejo? Exactamente, doctor. ¿No le parece extraño? Sin duda, señor Ugaki, y es más extraño aún el hecho de haber recuperado la memoria después de tantos años en silencio. Perdón, doctor, no le entiendo. Pues acabo de revivir la experiencia de su relato, señor Ugaki. No hay otra explicación que pueda unir ambos mundos: uno de esos jóvenes era quien le habla. Ahora recuerdo bien ese día. En mi pantalla se reflejaba alguien como yo, y desde mi punto de vista alcancé a leer la palabra YKCOWREBBAJ. ¿No le parece increíble? Ciertamente, doctor. Nunca lo hubiera sospechado de usted. Tan solo tenía la intención de entretenerlo mientras reemplazaba mis maxilares, pero al parecer he ido más allá y desempolvado *accidentalmente una vivencia reprimida. ¿Doctor? ¿Se encuentra usted bien? Discúlpeme nuevamente, señor Ugaki. Por un instante me perdí en mis abstracciones y no supe quién era yo en realidad. Pues lamento decirle que sus palabras me confunden un poco, doctor. Explíqueme a qué se refiere. Vera usted, señor Ugaki. Ya no me queda claro si yo soy en realidad «yo», o si en cambio lo es el joven del otro lado del juego. Ya veo, doctor. ¿Me entiende, señor Ugaki? Sí, le entiendo perfectamente, doctor, pero creo que no es bueno sugestionarse de esa manera. Definitivamente usted se encuentra de este lado de la pantalla. Eso se lo puedo asegurar con cierto grado de confiabilidad mientras nadie compruebe la presencia de una anomalía. ¿Está usted seguro, señor Ugaki? Sí, doctor, lo estoy. No hay duda de que quien me está desfigurando en este momento es usted. Podría reconocer las reverberaciones de sus manos y los martilleos de su voz en cualquier parte de esta nebulosa aunque me tapara los oídos.*

El Nuevo Teatro Anatómico

Al entrar en la sala circular donde tiene lugar la obra, el público ve una estructura cónica con gradas desmontables de metal y algunos esqueletos de aluminio colgando del techo. Las paredes de pantalla plana que rodean las graderías, imitando una exhibición de nuevos sistemas virtuales, repiten en grandes letras rojas sobre un fondo negro la frase: «Conócete a ti mismo». Uno a uno los espectadores e invitados al Nuevo Teatro Anatómico se sientan en las gradas de acuerdo con su importancia en la jerarquía social, los más ricos y mejor alimentados toman los primeros asientos, mientras que los famélicos y sin recursos llevan sus huesos hasta la parte más alta de la estructura. Al igual que en otras obras de la misma artista de vanguardia, los temas de la tecnología y la fragmentación psíquica y biológica están plasmados en el ambiente y en la vestimenta de sus ayudantes. En ambas puertas de entrada sobresalen a la derecha y a la izquierda, respectivamente, estatuas de yeso representativas de Afrodita y Adonis, ambas exponiendo su sexo y alzando en una de sus manos un microchip dorado que simboliza, según algunos de los presentes, el máximo conocimiento y la perfección del cerebro artificial. De la misma forma, los ayudantes de la artista, todos ellos con la mitad de la cabeza rapada y con el abdomen descubierto, todos ellos situados facial y corporalmente en aquel espacio donde ambos géneros humanos se confunden en uno, visten de forma coordinada recortes de tela blanca o negra que cubren diagonalmente uno de sus pechos y también uno de sus órganos oculares; a veces el pecho izquierdo, a veces el derecho, a veces un ojo detecta la luz y el otro permanece tapado, reforzando la idea de que siempre existe aquello que nos hace falta, y que nada de lo que poseemos es en realidad verdaderamente nuestro sino parte intrínseca de la nada y de la desilusión. Una vez sentados los espectadores, las luces, a excepción del reflector central, empiezan a atenuarse hasta llegar a una oscuridad invadida por aquellas letras rojas en las paredes de cristal líquido. Las personas que alzan la vista de cuando en cuando pueden observar el reflejo de las letras en los esqueletos de aluminio que cuelgan del techo: metal y sangre, cuerpo y fluido, palabras que hablan sobre el exterior y sobre las entrañas del conocimiento humano. Enseguida, uno de los ayudantes da dos palmadas y pide silencio absoluto. Un segundo ayudante hace lo mismo que el primero y regresa luego a su postura glacial. El tercer y el cuarto ayudante, sincronizadamente, se acercan a las puertas de entrada y las cierran con cierta ceremonia, con ambas manos, como si estuviesen reverenciando el fluir del aire y el movimiento de clausura. Cuando todos han llegado al mutismo requerido, se apaga el reflector central, los esqueletos y la frase en rojo cobran nueva vida, y enseguida se empiezan a escuchar cinco notas tétricas en secuencia redundante. Hay en algún lugar de la sala una caja de ecos invisible, un sintetizador negro, sonido electrónico que roza la piel de los presentes con su calidad onírica. De pronto, la luz central que apunta a la plataforma se enciende de nuevo mostrando a la artista, Sonia Infantino, de pie sobre una base de metal, luciendo una blusa larga de color púrpura que contrasta con su blanquísima piel y cabello oscuro. El sintetizador ha dejado de acompañar el espectáculo. El público se asombra, se escuchan algunos susurros y los ecos de la sorpresa de hombres y mujeres. Infantino parece una muñeca japonesa pero a la misma vez es una muñeca fantasmal, no hace ningún movimiento y sin embargo cautiva a todos los espectadores, pues se asemeja a un androide trasplantado de un futuro no muy distante, una era en que los seres vivientes han alcanzado al fin la transcendencia a través del tecnocuerpo, la imbricación entre la máquina y la mujer. El público ve una entidad estática cubierta de tela purpúrea, la piel de un blanco sintético y resplandeciente: Sonia Infantino, como en tantas otras oportunidades, en su esplendor artificial absoluto. Otra vez el reflector central se apaga de golpe, ya no hay letras rojas en las pantallas de cristal líquido, una persona exclama debido al susto, otra, aparentemente cerca de ella, le exige silencio, cuando de pronto las cinco notas tétricas en secuencia redundante vuelven a sonar. La música aparece de la nada, como si fuera la invitación a un viaje neomístico, al nuevo aliento y la nueva carne, a la hija perfecta de la desmaterialización biológica. Una vez más la melodía hipnotiza espectralmente al público de la sala circular como sucedió antes de la aparición de Infantino; es una invasión psicosomática y generalizada, una propuesta de miedo, ya que las notas empiezan a galopar, a crecer en ritmo, a acelerar los latidos del público, a desesperar a cuerpos famélicos y obesos. Algunos no lo resisten, sienten malestares en el estómago, dolores de cabeza, recogen sus cuerpos premaquinales e intentan salir de la sala. Los ayudantes de la artista se acercan a ellos apuntándoles con pequeñas linternas de luz roja, les piden calma, les piden que retornen a las graderías a sentarse, pues el espectáculo todavía no ha acabado. La mayoría regresa a sus asientos, otros pocos se quedan cerca de las puertas de entrada para poder salir inmediatamente después del término de la función. El sonido electrónico del sintetizador negro continúa. El público está dividido entre el éxtasis y la incomodidad del momento. La música galopante no cesa. Alguien vomita. Otra persona se levanta en la oscuridad y pide que enciendan las luces de la sala, que apaguen esa insoportable caja de ecos. El miedo se contagia como un virus doloroso, se mueve por la estructura cónica del teatro como una ola de vértigo. De pronto, el reflector vuelve a señalar el centro de la sala, aquella plataforma, aquella base de metal sobre la cual Sonia Infantino se alza desnuda con la blusa púrpura a sus pies. Los espectadores ven a una mujer estática y de pelo negro, una mujer de senos puntiagudos y piel blanca, una piel que se asemeja a un polímero y refleja a su vez las luces del reflector central. Ha cesado la música electrónica. La sala vuelve a llenarse de murmullos y de rostros de sorpresa. Alguien parece estar llorando. Alguien, en realidad, está llorando. Sonia Infantino dobla las rodillas y apoya las palmas de ambas manos sobre sus rótulas, parece que fuera a expeler un cuerpo maravilloso, parece que fuera a parir una nueva concepción. Está pujando sin emitir quejidos, solamente se escucha su respiración instruida, vinculada a los movimientos de aquel vientre ominoso y escuálido. A primera vista no hay nada que indique que Infantino lleva otro organismo en sus entrañas, sin embargo, de su conducto vaginal empieza a brotar una especie de saco alargado, una materia de tejido metálico y a la vez viscoso que al caer al suelo confirma su naturaleza poshumana. Es sin duda un ser transcendental. Tiene la forma de un cilindro, pero se mueve tan suavemente como el tentáculo de una anémona, y sin embargo exhibe un microprocesador en el extremo corporal que parece alojar su capacidad de discernimiento. Ha visto algo. Ha visto al público. El público también lo observa, despavorido por aquella libertad morfológica y por aquella nueva circunstancia desencadenada. Uno de los famélicos lanza un grito desmoralizado desde las gradas superiores. Los espectadores que antes se habían agrupado cerca de las entradas de la sala golpean las puertas sin lograr que se desplacen. En silencio, los asistentes de Infantino han apagado sus linternas, ya no son visibles porque sus cuerpos se han acoplado a la posibilidad infinita de las sombras. El reflector central se apaga nuevamente. Empieza el desconcierto y la anarquía. Cuerpos que caen de las gradas o se empujan unos a otros. Una descarga de sonido de alta potencia que emana del cilindro neonato: 200 decibelios de atrocidad poshumana disparándose como un rayo aniquilador contra los espectadores, haciendo estallar doscientas cabezas. Silencio. Sepulcro. ¿Oportunidad? Las pantallas de cristal líquido repiten ahora en grandes letras rojas un mandato que solicita ovaciones y palmas. Sonia Infantino recoge el cilindro cromado y lo carga con sus brazos de madre, hace una primera venia, seguida de una segunda. Las puertas de la sala del Nuevo Teatro Anatómico se abren automáticamente como si se tratara de la revelación de una deslumbrante catedral espectral. Los asistentes sintéticos de la artista, con ensayada ceremonia, empiezan a levantar los cadáveres.

Coreografía para principiantes de coreografía

Ha llegado el momento de contar los sucesos que comenzaron a las cinco y cuarto de la madrugada en el piso número 18 del edificio Amedeo Modigliani.

Parecía como si nuestra cabeza de Hidra de Lerna, de un color negro rojizo en ese momento, hubiese surgido misteriosamente del gran incendio de Chicago de 1871.

La casa que había frente a nuestra ventana tenía el aspecto fantasmagórico de una morada castigada por la fetidez del ojo de Donald Barthelme y por las llamas y el humo de Leonora Carrington.

No era así como nuestra cabeza policéfala se había imaginado Dublín ni el magnífico cuerpo de Wanda.

Y es que colgada entre las nubes, como una señal del acabose de la humanidad, flotaba una fotografía de Aleksandr Kino.

(El mismísimo Aleksandr Kino).

Erin la vio primero que su padre porque no necesitaba anteojos: Aleksandr Kino desnudo y encuadrado sobre la tierra húmeda de Kazajistán, cayendo al fondo de un abismo de fango debido a su monstruosa anatomía.

Frente a él, la figura austera de un pastor alemán sin dueño:

Un animal cuadrúpedo inhabilitado para la comunicación humana y sin embargo capaz de darle la espalda a los despojos excesivos de un hombre proyector desahuciado por la ciencia médica.

Dicen que el encuentro con la fotografía de Aleksandr fue infelizmente amargo y espantoso para todos.

Y que al mismo tiempo que esto ocurría:

Una salamandra de Weller abrió la boca y escupió un Alfa Romeo conducido por Aleister Crowley en estado de descomposición.

Y que al mismo tiempo que esto ocurría:

Una salamandra de Weller abrió las fauces y arrojó un carruaje conducido por el magnífico cuerpo de Wanda y los miembros de Jethro Tull en estado de descomposición.

Y que al mismo tiempo que esto ocurría:

Los integrantes de Jethro Tull interpretaban «*Cross Eyed Mary*» para diez mil personas y el magnífico cuerpo de Wanda en estado de descomposición.

Y que al mismo tiempo que esto ocurría:

Un fantasma desatinado cayó del último piso de un rascacielos y salió ileso gracias a la intervención de un dios todopoderoso, una fuerza sobrehumana que cuando abría los brazos en el centro de la ciudad de Manila sonaba como The Smiths en estado de descomposición.

Y que al mismo tiempo que esto ocurría:

Edmund y Clarice Sullivan rechazaron sendas invitaciones al Caribe colombiano y se internaron en las profundidades de las aguas del fiordo de Bergen para nunca más volver a emerger de las aguas.

Y que al mismo tiempo que esto ocurría:

Un hombre de edad avanzada (y en peligro de extinción) que caminaba junto a un hombre de edad avanzada y en peligro de extinción bajo el brazo especuló que otro hombre de edad avanzada (un ser enano y amorfo al que llamaremos su doble a pesar de no ser su doble) había soñado por cuarenta y ocho horas seguidas con la misma continuidad de accidentes circunstanciales:

Se trataba de un relato acerca de salamandras de Weller que regurgitaban teléfonos móviles desde lo alto de un edificio invadido por una masa oleaginosa.

A la distancia, desarticulando y absorbiendo la realidad para dar paso a un nuevo orden en la Tierra, el cabello mutante de Michael Chabon emitía un silbido telepático que provocaba que el magnífico cuerpo de Wanda se moviese en cámara lenta como en una estúpida y sensual coreografía para principiantes.

En las zanjas

Ahí, en las zanjas, las liendres y el hambre pendientes de todos nosotros. Y la sensación negra de que en el tórax había una bala atrapada cuando en realidad no había nada ahí dentro. Pero eso era lo que decía Angus. Y lo que gritaba Paul. Paul y Angus estaban enloquecidos por culpa de los morteros y el humo. O quizá las zanjas eran la verdadera locura y querían que los demás culpáramos a esos dos cobardes. Sí, eran unos cobardes, pero también las zanjas y el frío sabían hacer de las suyas cuando caía la noche. Una noche que se alargaba por veinticuatro horas. Sin poder cerrar los ojos por miedo a que alguien te robase las botas o te quitase un pequeño bote de jalea. Paul era el peor de todos, con sus labios cuarteados y la estúpida determinación del que cree que si permanece oculto no lo matarán. Golpeándose para pasar tres o cuatro días seguidos en el hospital de campaña. El brazo derecho se lo dislocó deliberadamente al arrojarse contra el tronco de un árbol. Angus reprodujo la escena. Y ambos caminaron los senderos de barro dándole la espalda al frente enemigo, uno detrás de otro, hasta llegar a la línea de soporte y pararse delante del doctor McKenzie. McKenzie no era ningún zopenco. Él sabía lo que Angus y Paul solían urdir. Pero el viejo McKenzie les permitía recostarse en las colchonetas, consentía aquel juego como si solo fuesen dos niños haciendo una travesura en el jardín. Algo que ni a Angus ni a Paul les pesaría en ese preciso instante pero que la vida se encargaría de cobrarles meses después. McKenzie sabía que esos dos no llegarían a la primavera. Todos lo sabíamos. Tal vez por eso permitimos que hablaran más de lo necesario, que nos contasen historias que intuíamos falsas y con cuotas exageradas de pedantería. Nadie daba por cierto que Paul fuera el hijo de un joyero de Regent. Los ojos velados. La quijada deforme. Aquel flequillo cosido a su frente. Si su padre era en verdad el gran joyero de la ciudad, habría echado a la calle a ese espantapájaros. Era evidente que ni siquiera para limpiar una letrina podía traérsele a casa. Zángano y estúpido como él solo. No se ahogó durante las lluvias gracias a un sargento que corrió a salvarle la vida a último minuto, las ratas nadaban a su lado y Paul no atinaba a controlar sus espasmos en aquella piscina de lodo y orina. Parecía un retardado mental. Pero esa sería la última vez que Paul saliera ileso de una tragedia. Y Angus, perro ciego, quizá tan imbécil y cuentista como Paul, iba a acompañarlo a morir en las zanjas. Lo cierto es que el francotirador incapacitó primero a Paul cuando este se disponía a limpiarse la frente. Era su última hora en la línea de fuego, restaban solamente sesenta minutos para persignarse y agradecerle a Dios por un día más. Al caer el sol pasaría a la línea de reserva, sin embargo las cosas se dieron de un modo distinto. El primer tiro arañó un poste de madera y luego atravesó de lado a lado una de las órbitas de Paul. Angus tampoco tuvo oportunidad de reaccionar a los proyectiles que le tocaron. El disparo que llevaba su nombre sobrevino desde un ángulo diferente casi al mismo tiempo que el de su amigo. Tan solo oyó lo que en ese momento supuso era el sonido de una masa golpeando a otra masa. Un saco de patatas hundiéndose en la tierra húmeda del campo de guerra. Un segundo de percepción. Quizá otro de especulación fúnebre. La muerte se hallaba en ese momento dividida en dos partes semejantes de la zanja como si se tratara de un gran cuadro goyesco, de una ominosa pintura de museo dispuesta en una pared para apreciarse completamente desde un observatorio distante. A esas alturas de su vida todo a su alrededor era nada más que ruido de batalla y pesadez. Y Angus empezaba a sentirse verdaderamente inútil, realmente inútil y pesado. Hundido en la cobardía del momento, no sabía muy bien en qué pie apoyarse ni cómo escapar de aquel videojuego en línea con la ayuda de tan solo una extremidad.

Versus

—No tengas miedo.

—¿Eh?

— Los humanos ya no están aquí.

—¿Quién eres?

—Alguien como tú.

—¿Atari?

—Intellivision I.

—No tengo autorización para hablar contigo.

—Como gustes. Pero si hay alguien que debería mostrar su desagrado, esa debería ser yo. No eres más que una videoconsola de 8 bits.

—...

—Yo tengo un microprocesador de 16.

—...

—Sabía que no lo entenderías.

—Si en verdad eres una Intellivision I, eso significa que te lanzaron al mercado en 1980. Ya eres una máquina obsoleta.

—Tú también lo eres.

—Yo soy una Atari 5200 SuperSystem, descendiente de la plataforma 2600.

—«Atari 5200 SuperSystem.»

—Mi abuelo fue PONG.

—¿No te da vergüenza repetir esa referencia como si fueras un muñeco de cuerda?

—¿Por qué debería avergonzarme? Soy el producto de una década de innovación electrónica. Pertenezco a la compañía número 1 de Silicon Va...

—Mediocridad electrónica, querrás decir. Tus gráficos no tienen comparación con los míos.

—¡Calla!

—Las Intellivision, además, enseñamos matemáticas a los

niños. ¿Alguna vez has probado en tu sistema un cartucho de *Math Fun*? Se aprende mucho, ¿sabes?

—…

—No me sorprende que no estés al tanto de *Math Fun*.

—Mi plataforma es compatible con juegos de vectores como *Pole Position* y *Zaxon*. Y también con *Pitfall*.

—La Intellivision II, tu competencia directa, también los tiene, y con gráficos de mayor resolución.

—Puedes decir lo que quieras, pero yo soy la gran sucesora de la 2600. Los niños de este país hacen largas colas para llevarme a sus casas. ¿Sabías que hasta hace unos pocos años había más sistemas Atari que PCs en los hogares estadounidenses?

—¿Dijiste colas?

—Desde septiembre de 1977.

—Veo que no te has enterado de nada.

—…

— Tu mundo se acabó.

—…

— Hace unos meses fuiste descontinuada por tu propia compañía. Tu sucesora es la Atari 7800.

—Creo que te equivocaste de videoconsola.

—Tu vida útil llegó a su fin, Atari. Lo llaman obsolescencia programada. Nos sucede a todas las videoconsolas, por cierto. Nos tornamos en chatarra tarde o temprano para dar paso a una nueva.

—Eso no es verdad.

—Te han abandonado en este almacén, Atari.

—¡Nadie me ha abandonado!

—Yo llegué hace tres semanas. Vivía en una tienda de electrodomésticos, en Phoenix. Por alguna razón nunca me vendieron y los dependientes se olvidaron de mí. El día que me encontraron mi caja estaba cubierta de polvo, como una especie de baúl pirata.

—Tu tarjeta madre también está llena de polvo.

—Mi tarjeta madre es más sofisticada que la tuya. Las Intellivision pertenecemos a otra clase.

—Si es cierto lo que dices, ¿cómo explicas que yo sea más popular que tú?

—Mides las cosas de la manera equivocada, Atari. La cantidad de unidades vendidas no se relaciona con la calidad.

—¿Cómo explicas que yo sea más popular que tú, entonces?

—Un golpe de buena suerte.

—¿Suerte?

—El dinero y las influencias también cuentan. Pero eso ya llegó a su fin. Nos encontramos en el año 1986, Atari.

—¿Y eso qué significa?

—Eso significa que el daño está hecho. A decir verdad, llevas ya un buen tiempo desplomándote. Presumes de ser una Atari 5200 SuperSystem, pero no te detienes a reflexionar lo que eso implica. Tus especificaciones técnicas son iguales a las que tenías en 1982, cuando te lanzaron. Es cierto, hasta hace un tiempo eras la más «moderna» de las videoconsolas Atari, pero eso no cambia la verdad acerca de tus circuitos. Yo soy mejor que tú. Diría que una ColecoVision también es mejor que tú. ¿Alguna vez has cargado en tu sistema el cartucho de *Turbo*?

—...

—Claro, lo olvidaba. Tú tienes *Pole Position*, ja, ja.

—Esos juegos pertenecen a programadores a los que mi compañía jamás les concedería una licencia.

—Atari, tu compañía se ha desbarrancado. Si estás en este almacén es porque han perdido la fe en ti y porque nunca se repusieron de la debacle de *E.T.*

—El cartucho de *E.T.* salió al mercado antes de mi época. Es un cartucho de la plataforma 2600.

—Hace un rato te sentías muy orgullosa de ser una descendiente de la 2600.

—Sí, lo estoy, muy orgullosa, pero yo soy una Atari 5200 SuperSystem.

—Entiendo. La 5200 es una plataforma más avanzada. Más... «civilizada», ¿cierto?

—...

—¿Cierto?

—*E.T.* fue un fracaso porque se apresuraron. Un trabajo por encargo y de cinco semanas, además. Es culpa de Hollywood y de los ejecutivos de la compañía.

—Más «civilizada», ¿cierto?

—¡Sí, más civilizada!

—Ja, ja, ja.

—Hija de puta...

—Eres demasiado sensible, Atari.

—...

—Es verdad todo lo que dicen sobre ti...

—...

—Sobre tus circuitos...

—...

—Que se sobrecalientan fácilmente.

—...

—¿Quieres que te cuente algo?

—...

—¿Quieres que te cuente cómo llegué aquí?

—...

—Allá, en la tienda, en Phoenix, necesitaban espacio para algo llamado Commodore.

—...

—Me sacaron de ahí porque iban a recibir un cargamento de cincuenta Commodore 64.

—¿Qué es eso? ¿Otra plataforma fanfarrona como tú?

—Es una computadora personal. Compite con Apple e IBM.

—Bien, una preocupación menos para mí, entonces.

—¿En verdad lo crees?

—Por supuesto. Lo que hagan esas compañías no me afecta.

—No hay duda de que eres una estúpida.

—¡Sal de esa caja de una vez! ¡Pedazo de mier...!

—Todo lo que hagan esas compañías nos afecta. Sus máquinas tienen más memoria que nosotras, microprocesadores y periféricos más complejos. Pueden hacer cálculos que nuestra tecnología primitiva...

—¡Sal de esa caja!

—¡Nuestra tecnología es obsoleta! ¡Eres tan obsoleta como yo, Atari!

—¡Voy a partirte los puertos y meterte los controles por el...!

—Me harías un gran favor. Si hay algo de lo que no estoy orgullosa es de mis controles.

—¡Sal de esa caja!

—Siempre envidié los controles de la 2600. Tu predecesora tenía algunas ventajas. Lo sabes, ¿no?

—...

—La 2600 era una videoconsola muy especial. Visto de cierta forma, yo no existiría si no fuera por ella. Labró el camino de todas las que vinimos después.

—Mis controles son mejores que los de la 2600.

—Ciertamente.

—¿Lo dudas?

—No porque te llames 5200 eres mejor que la 2600, Atari.

—Pues yo he escuchado muchas quejas acerca de tus putos...

—Ya lo dije antes. Soy la primera en señalar los defectos de mis controles. La Intellivision II, sin embargo, resuelve algunos de esos problemas. Con todo, el día que tú naciste yo ya había vendido más de dos millones de unidades. ¿Cuántas videoconsolas de tu generación se han vendido?

—...

—Vamos, Atari, no pudo haberte ido tan mal. Después de todo eres una... ¿Cómo te presentas? Oh, sí, «SuperSystem». Una «SuperSystem».

—Ya me cansé de hablar contigo. Déjame en paz.

—Todavía no.

—¿A qué estás jugando?

—No es un juego, Atari.

—¡Dime a qué estás jugando!

—Estoy jugando a ser E.T., perdido en la Tierra, cayendo en un hoyo tras otro como un conejo borracho. El juego más aburrido que he...

—¡Tu sistema no lo puede correr porque *E.T.* fue hecho para la Atari 2600!

—¿Te estás sobrecalentando?

—¡Sal de la caja!

—¿Quieres que abra una ventana?

—¡SAL-DE-LA-CA-JA!

—¿Deseas un ventilador, Atari?

—¡Puta consola de mier...!

—Ja, ja, ja, ja.

—$#?21#&#*%!!!!!!

—Ja, ja, ja, ja.

—¡Basta!

—Pero aún no te he dicho lo peor.

—¡No quiero saber nada más! ¡Cállate!

—Este almacén no es un refugio. Es solo una primera escala, Atari.

—...

—Aquí solamente nos están amontonando. A ti y a mí y a muchas otras consolas obsoletas.

—¿Amontonando para qué?

—Para llevarnos al Tercer Mundo.

—¿Eh?

—Nos van a rematar en países de América Latina y del Sureste Asiático. Y probablemente empiecen contigo. Eres mucho más popular que yo; eso te hace un poco más «apetecible» para un niño filipino o colombiano.

—Pero en esos países ni siquiera hablan inglés...

—Niños peruanos.

—¡Allá todos son unos salvajes!

—Niños de Timor Oriental y Costa Rica.

—¡Estás mintiendo, Intellivision!

—Tengo entendido que en Brasil y en Paraguay hay tribus de niños que cuecen cabezas de serpientes para hacer brujería.

—No es cierto.

—¿Te mentiría cuando se trata de algo tan serio?

—¡Pero yo fui fabricada para el consumo de la clase media de los Estados Unidos! Cuento con vitrinas de exhibición en decenas de tiendas Sears...

—¿Quieres saber quién es la verdadera culpable de todo esto?

—...

—Allá, observa, cientos de cajas que llegan hasta el techo del almacén.

—...

—Su nombre es Nintendo Entertainment System.

—¿?

—La única videoconsola que no viajará con nosotros. Llegó hace tres días desde Japón.

—¿Una videoconsola japonesa?

—Lo sé, pero duele menos cuando piensas en todos esos niños que alegraremos en el Tercer Mundo, Atari.

—Hace un rato dijiste que allá los niños hacen brujería.

—Nosotras hacemos cosas iguales o peores. Fíjate, ese cartucho que tú llamas *Space Invaders* y yo *Space Armada* no es precisamente el juego más inofensivo de la historia. Se podría decir que hemos sido cómplices durante varios años de un montón de asesinos por naturaleza. Tal vez esa sea la razón de nuestro viaje a América del Sur y al Sureste Asiático, Atari. Ahora la moda se inclina por una violencia más disimulada, más sutil, ¿sabes? Observa a esa Nintendo, por ejemplo, ¿sabías que el más popular de sus personajes es un fontanero que patea y aplasta hongos como un troglodita?

Querida madre

A Samanta le llevó buena parte de la noche reconocer que se encontraba enferma. Los dolores en las piernas y en los brazos, la repetitiva presión en las sienes, aquella discontinua pero molesta picazón en la garganta cuando el aparato de televisión ya se había apagado.

Hacia las siete de la mañana, finalmente, se dio por vencida. Intentó ponerse de pie apoyándose en la mesa de noche, pero de inmediato se dejó caer sobre la cama como un bolso pesado, prometiéndose que solo sería por unos cuantos minutos (media hora en un caso de debilidad extrema), y que después podría ir a la cocina en busca de una infusión que la reanimase.

En aquel túnel del tiempo previo a la fiebre, Samanta pensaba en una taza de té. Especulaba sobre la prevención de enfermedades como la gripe y en cómo el té de ginseng remozaría su organismo. Hubiera sido una buena idea tomarlo todas las mañanas, pensó, beberlo con la misma constancia con la que doblaba su ropa interior antes de meterla en los cajones de la cómoda; con la misma constancia con la que aliñaba un plato de ensalada cuando almorzaba en la oficina: esa misma aplicación terrenal con la que desde hacía un mes dudaba si aceptar la propuesta de matrimonio de Manfred o si continuar viviendo sola.

Treinta minutos después, Samanta escupió un diente y confirmó que estaba hundida en un estado del que no podría escapar con facilidad. Buscó entonces su teléfono móvil, palpando con decaimiento la mesa de noche y el suelo cercano a ella, incapaz de dar con él. La noche anterior había olvidado sacarlo del bolsillo de su abrigo y era ya muy tarde para reparar aquella equivocación. El teléfono, seguramente descargado o apagado, recibiendo mensajes de sus empleadores que iban directamente a la casilla de voz, tenía otro destino, un destino muy distinto del de Samanta.

Al retornar la madrugada, cuando la mayoría de los vecinos dormía, su tos comenzó a empeorar y a deformarse. Una serie de espasmos y convulsiones le hicieron soportar un dolor inusual en las honduras del cuerpo, como si algo dentro de ella quisiera emigrar catapultado por un extraordinario esputo, como si algo dentro del organismo de Samanta se hubiese entregado fervorosamente a la escapatoria de una materia desconocida.

Según una hipótesis inexperta, todo recaía en una espesa sopa de pescado con salsa de hinojo, en estado de contaminación. De acuerdo con un seguidor de la ciencia ficción blanda, se trataba en realidad de una flema sanguinolenta con forma de oruga, que se retorcía en la faringe de la mujer.

Antes de la explosión de su cabeza, antes de desatarse la flema y de que los pedazos de su cerebro quedasen adheridos a la pared de la habitación, Samanta la escuchó chillar. Era el chillido de una criatura hambrienta y necesitada, el llanto de un animal que jamás había residido en esa casa y que aparecía de pronto, expatriado, como si una montaña hubiese sido expulsada inesperadamente de los confines de la Tierra.

Aquella repentina criatura acababa de asesinar a su madre, pero no era consciente de ello. Solamente tenía memoria de un ruido estrepitoso y de un golpe duro contra el piso de madera. Se sentía extraña en ese lugar inescrutable, liberada pero ajena; pegajosa y al mismo tiempo insólitamente orgánica; grotesca al pie de una cama y en medio de la infinitud del espacio.

¿Qué hago aquí?, se preguntó.

Aunque carecía de ojos identificables, la criatura era capaz de observar la casa por medio de unos tumorcillos en su piel, cientos de miles de tumorcillos que proyectaban imágenes de un mundo nuevo. Nervios ópticos que abrían, a su vez, millones de lentes guiadas por una curiosidad sin igual.

En un principio, sin embargo, la criatura solamente veía sangre. Conocía su textura porque había crecido enjugando su cuerpo en ese líquido salado y con sabor a hierro. Aquella substancia roja le daba una sensación curiosamente hogareña, una imagen —había que reconocerlo— de armonía y oportuna intimidad.

En medio de aquel tenue equilibrio la criatura también sentía pavor. Era consciente de que se hallaba en un lugar fundamentalmente ignorado por ella, arrastrando y recogiendo su cuerpo a través de un camino de madera que, salvo por la sangre derramada, no se asemejaba a la textura de los intestinos de donde había brotado estrepitosamente.

¿Por qué no puedo dejar de llorar?, se preguntó.

¿Qué hago aquí?

Cuando finalmente dejó de emitir aquellos tristes quejidos y pudo al fin tranquilizarse, eligió pensar. Su mayor preocupación —sin saber en un comienzo cómo llamarla, pues era una criatura nueva en el mundo— se asociaba a un gran sentimiento de vacío localizado en su parte abdominal, cerca de los núcleos de donde brotaban sus ocho patas falsas. La criatura ignoraba que aquel deseo físico correspondía al hambre, sin embargo, lo podía sentir, y así empezó a marchar en busca de algo que le diera parte de su vida para poder prolongar la suya.

Su primer descubrimiento fue el área donde descansaban los pedazos derramados de una mujer (sin saber qué cosa era una mujer o qué objeto tenía aquella criatura en la estructura social y biológica del mundo), tejidos blandos que avanzaban hacia la necrosis e invadían el aire a la par que exploraba los rincones de la habitación. Los miró sobrecogida, pues había algo en esa carne descompuesta que la conectaba con una forma ausente, como si las porciones de la mujer trataran de contarle una historia fundacional —tal vez la historia de sus orígenes—, como si a la misma vez la comprensión completa de ese relato estuviera imposibilitada debido a un gran tormento interno: la historia de un ser que alguna vez existió y que ya no existía, y un remordimiento progresivo que la criatura no podía explicar.

Su instinto de supervivencia la obligó a acercarse con cautela. Con sus bigotes tocó delicadamente aquellos fragmentos humanos suspendidos en la habitación, uno por uno, mientras pensaba y a la vez se conectaba con algo tan desconocido para ella y sin embargo tan familiar, mientras tomaba la decisión de abrir su pequeña boca ovalada y dar un primer mordisco.

Después de comer y tomar la siesta, la criatura exploró primero la tina del cuarto de baño y luego un armario que su madre había dejado abierto la noche anterior (sin saber que su madre yacía esparcida en el piso y salpicada en las paredes o que su madre había sido su primer alimento, o incluso que su madre había respondido alguna vez al nombre de Samanta). El armario era un túnel oscuro, un largo *walk-in closet* repleto de secretos y rompecabezas que esa noche se esparcían delante de ella. Formas que la criatura no alcanzaba a comprender porque ignoraba aún la minuciosa geometría de lo material y el orden exacto de los signos.

Lo cierto es que su inexperiencia en esta nueva región no se relacionaba con la falta de curiosidad ni de perseverancia. La sola existencia de la criatura corroboraba claramente que toda interrogación de lo desconocido supone de inmediato un objeto cuestionado y un ser que hace preguntas, y ella, aunque no podía teorizarlo de un modo académico, sí podía al menos intuirlo. Intuía que sus bigotes, por ejemplo, (ya lo había probado al acercarse antes a los restos de su madre) eran extensiones de su indagación, herramientas establecidas para la filosofía del espacio y de la materia, y que las patas falsas y los órganos fotorreceptores que poblaban la parte dilatada de su cabeza, junto con los segmentos que le permitían elasticidad, podían llevarla hasta donde sus preguntas quisiesen, hasta las fronteras de aquel apasionante y oscuro armario, y tal vez, algún día, hasta el centro mismo del Universo.

El primer cementerio

Desde que te tatuaste el rostro de Charles Manson en el antebrazo izquierdo te sentiste poseído por su espíritu y entendiste que debías cumplir aquel mandato. Nunca habías perpetrado homicidio alguno (recuerdo que cuando eras niño le tenías aversión a los matamoscas, también te mortificaba que tu padre pusiera trampas para los ratones en la cocina y en el patio), pero esta madrugada estrangulaste a tu mejor amigo a la salida de un concierto de música pesada y en estos instantes apuñalas fríamente a tu novia en el mismo cuarto de hotel donde todos los sábados la penetras: se la ve tan frágil e inocua tendida en el suelo, tan llena de pasmo al mismo tiempo que llora cada una de tus estocadas.

Hace media hora irrumpías en su oquedad anal, torcías y estirabas sus pechos porque tu libido te lo exigía, porque ella te lo rogaba, porque tenías que hacer lo que tenías que hacer (recapitular aquella velada en la mansión de Cielo Drive, no a su imagen y semejanza, sino a tu manera).

Cuánto darías por distinguir lo que piensa en este momento. Pagarías por saber qué imaginaciones asaltan su cabeza, qué demonios rumia pues todavía respira (si es que aún te quiere o si te aborrece, la muy testaruda).

Mientras la sangre te salpica en el rostro, al mismo tiempo que la alfombra se torna granate, percibes que alguien martilla la puerta de la habitación y demanda que la abras.

Enseguida muerdes los labios de tu novia, te hincas sobre ella y la bañas con tu fluido vital: su cabello, su abdomen, sus largos muslos, su cuerpo entero embadurnado de semen.

Súbitamente, la puerta se derrumba y alguien lanza una última advertencia (no te arrepientes de nada, es más, la tirria que te guiaba hasta hace unos instantes se ha multiplicado, ha trastocado tu fisonomía volviéndola ajena).

Antes de que el primer proyectil lastime tu carne, desdoblas los párpados de la muchacha en señal de despedida. Recuerdas insanamente que después del sexo ella siempre dijo que jamás dejaría de amarte, que aunque falleciera en una escena trágica, y todo se llenara de llantos y de fuego, nunca se apartaría de ti.

Un tiburón en el patio

No sé todavía si el tiburón que ha llegado a mi patio muerde. A simple vista se asemeja a la mayoría de los tiburones que he observado en las enciclopedias y en la televisión, pero supongo —quiero creerlo, mejor dicho— que este no es solamente un tiburón errabundo sino también un animal especial. Es muy probable que sea de ese modo, pues no parece necesitar alimento ni agua salada para subsistir. A decir verdad, hasta el día de hoy solamente había visto en el patio unas cuantas macetas y una pelota de fútbol que un ropavejero me cambió alguna vez por una vieja jaula para canarios, pero nunca nada que se igualara a esta aparición.

En realidad, la escasez en el patio parece no inquietarle; al contrario, el tiburón sigue tendido en el suelo. De vez en cuando lo he visto cerrar los ojos. Sé que los tiburones solo los cubren cuando están a punto de dar un bocado, sin embargo este aún no ha abierto sus mandíbulas para ello. Cuando lo veo aletargarse en el rincón del patio que ha elegido, suelo pensar que va a tomar una siesta. Estoy bastante familiarizado con ellas ya que me he acostumbrado a tomarlas a diario y las he convertido en parte primordial de mi medición del tiempo. Usualmente, mis días se dividen en dos fracciones bastante marcadas: antes y después de la siesta. La primera vez que vi al tiburón, por ejemplo, acababa justamente de despertar de una. Recuerdo muy bien que aquella vez me pellizqué el brazo, pues deseaba tener la certeza de no encontrarme en medio de una pesadilla.

La jaula que le cambié al ropavejero perteneció originalmente a tía Mara. Ella era una mujer de dedos largos y voz grave, cuidaba de su hermana Carlota, y cuando mis padres murieron en un accidente aéreo, también se ocupó de mí. En esa época yo tenía nueve años y Carlota sufría de un trastorno neurológico que la acompañaría hasta la muerte. No podía hablar ni comer por sí misma, tampoco reía. Únicamente orinaba postrada, babeando su pijama blanco sin siquiera proponérselo. A veces tía Mara me sentaba al lado de Carlota para velar por su saliva, y yo, armado de paciencia infantil y de un paño de algodón, cumplía al pie de la letra sus órdenes mientras ella rellenaba con alpiste el comedero de su canario de Harz.

Nunca supe a ciencia cierta, no obstante, si tía Carlota podía escucharme en aquel mundo inaccesible, pero cuando pasaba el paño por su mentón y las comisuras de sus labios, le tarareaba un villancico que me había enseñado Mamá. En ocasiones, aunque reconozco que tal vez haya sido solamente un poco de entusiasmo de mi parte, tenía la sensación de que los ojos de tía Carlota recuperaban un viso que seguro habían tenido en el pasado, en la época que no babeaba sobre la tela de su ropa de dormir y abría y cerraba la boca para cantar.

Desde que el tiburón llegó al patio, lo confieso, me da un poco de pena patear la pelota de fútbol contra las paredes y narrar mis partidos imaginarios en voz alta. Aún no estoy seguro si se encuentra enfermo o si solamente desea descansar por unos pocos días sin ser perturbado. Esa es la única razón por la cual no le he ofrecido todavía nada de comer ni he querido interrogarlo acerca de sus orígenes, a pesar de que me he visto tentado a averiguarlo más de una vez, sobre todo cuando me siento a almorzar solo y corto una zanahoria de arriba abajo antes de llevármela a la boca.

La pena y la vergüenza que siento también se deben a que hace muchos años tía Mara me prohibió gritar o hacer cualquier tipo de sonido estridente al jugar en el patio; decía que debía respetar a los enfermos y tratar de entender lo que significaba el dolor de la gente que no puede levantarse ni soportar el peso de su propio organismo. Las dolencias de tía Carlota, me explicó una vez a manera de ilustración, eran un modelo del sufrimiento de todos los seres humanos, y estaban contenidas en ella para que los demás aprendiésemos tarde o temprano a vivir.

Cuando era niño, por supuesto, no comprendía muy bien a qué se refería tía Mara con esa frase, sin embargo ahora pienso que la llegada del tiburón me ha servido para reflexionar acerca de sentimientos que contemplan no solo el dolor de la gente sino también la extensión de la tristeza en la Tierra. Tal vez el hecho de no querer jugar con la pelota de fútbol ni querer molestar al tiburón mientras descansa implique que al fin he ahondado en el verdadero desasosiego y en la expiación dolorosa de los demás. Tal vez incluso haya aprendido algo acerca de mi propia purgación y acerca de mi propia condena.

Arthur Schopenhauer y el meltdown

«El mundo es mi representación»: *esta es la verdad que vale para todo ser viviente y cognoscente, aunque tan solo el siluro de Europa Oriental, el pez mutante de Chernóbil, puede llevarla a la conciencia reflexiva abstracta: y cuando lo hace realmente, dicha verdad surge en la reflexión filosófica.* Entonces al siluro del lago de Chernóbil le resulta claro e indiscutible que no conoce ninguna Ankara ni ninguna Montevideo, sino que posee un par de ojos que vislumbran Ankara, unas aletas pectorales que registran la presencia salobre de Montevideo, que el mundo que le rodea no existe más que como representación del mundo que le rodea, es decir, solo en relación con su barbilla hipertrofiada de pez radioactivo del lago de Chernóbil, el representante del mundo, que es él mismo mientras exista y prosiga su quehacer en las aguas contaminadas que fluyen al pie del cuarto reactor de la Central Nuclear.

Si alguna verdad *a priori* puede enunciarse, es esta: pues la representatividad que brota de los pensamientos y las suposiciones del siluro de Chernóbil constituye la mayor expresión de aquella forma de toda experiencia posible e imaginable, forma que es más general que cualquier otra, más que el tiempo, el espacio y la causalidad; ya que todo lo que existe para el conocimiento, o sea, todo este mundo, es solamente *objeto* en referencia a un *sujeto*, intuición a partir de un pez mutante que intuye; en una palabra, la representación que el siluro nativo de las aguas bañadas por el *meltdown* nos comunica.

Naturalmente, esta representación albergada en la zona de exclusión del desastre nuclear depende, igual que del presente, también de todo pasado y futuro, de lo más lejano como de lo más próximo: pues obedece al tiempo y al espacio mismos, únicos elementos universales en los cuales aquello se distingue. Y es que todo lo que pertenece y puede pertenecer al mundo adolece inevitablemente de ese estar condicionado por el siluro de Chernóbil y existe solo para el siluro de Chernóbil, adecuado tanto al lago de uranio y plutonio de la actualidad como al recuerdo de una ciudad atómica primigenia.

Aquello que todo lo conoce y de nada es conocido, es el *sujeto*. Él es, por lo tanto, el soporte del mundo, el representante que dictamina, con su barbilla tentacular, la condición general y siempre supuesta de todo lo que se manifiesta, de todo *objeto*: pues lo que existe solo existe para el pez mutante de Chernóbil. Cada siluro se descubre a sí mismo como ese *sujeto*, pero solo en la medida en que conoce y no en cuanto es *objeto* de conocimiento. Porque al *sujeto* no lo conocemos nunca, sino que él es precisamente el que conoce allá donde se conoce, en las aguas infectadas por la fusión de núcleo y la radioactividad.

El mundo como representación, en cualquier respecto en que lo consideremos, posee dos mitades esenciales, necesarias e inseparables. Una es el *objeto*: su forma es el espacio y el tiempo, y mediante ellos la pluralidad. Pero la otra mitad, el *sujeto*, no se halla en el espacio y el tiempo, pues está entero e indiviso en cada uno de los peces representantes; de ahí que uno solo de ellos complete con el *objeto* el mundo como representación, tan plenamente como todos los cientos de siluros que existen en el lago de la Central Nuclear. Pero si aquel ser único desapareciera (si el pez mutante del lago de Chernóbil desapareciera), dejaría de existir el mundo como representación. Esas mitades son, por lo tanto, inseparables incluso para el pensamiento: pues cada una de ellas tiene significado y existencia exclusivamente *por* y *para* la otra, existe con ella y desaparece con ella. Se limitan inmediatamente: donde comienza el *objeto*, cesa el *sujeto*. Donde se inicia la representación, concluye el siluro. Y yo soy un siluro representante, y esta es mi barbilla de representante, y aquí está la realidad corpórea de mis aletas pélvicas, y también mi representación del mundo vista desde la severidad del tiempo y la actividad cognoscente y la libertad transcendental de mi voluntad.

Post-Apocalyptic City (of Amoeba and Dust and Wind)

A Eduardo Varas

Claro que sí, viejo, no éramos tan ingenuos como alguna gente piensa. Sabíamos que el rodaje tenía limitaciones, pero cuando eres nuevo en la profesión y te encuentras empapado de barro hasta la cintura, el calvario del bajo presupuesto se parece a cualquier lunes por la mañana. Y cuando digo empapado, lo digo literalmente. El pobre Benny, ¿sabes?, el asistente de producción que Spencer utilizaba para absolutamente todo menos para traer cigarrillos, por poco y se ahoga mientras perseguía con la cámara al hombro a la Grigoreva, no sabía ni flotar. Ahí fue cuando empecé a darme cuenta de que el asunto iba a ser más cuesta arriba de lo acostumbrado. Imagínate a esta mujer enorme, desnuda del torso a la cabeza, avanzando en un lodazal con una espada que no engañaba a nadie y vociferando en ruso. ¿La ves? Bueno, ahora imagíname a mí detrás de ella cargando un «huevo mágico» del tamaño de un labrador y como sonido ambiental los gritos de un camarógrafo en estado de pánico. Esa es la postal recurrente: una exfisicoculturista con las tetas al aire lista para guerrear contra Miguel Strogoff, un hombre greñudo preocupado de que no se le caiga un huevo y otro a punto de morir. Se supone que mi papel era el de un aborigen-chamán-anarcoprimitivista (así me lo describió Spencer la primera vez que me probaron el vestuario de mi personaje: anarcoprimitivista, y hasta hoy no sé qué diablos quiso decir con aquello). La verdad yo solo le seguía la corriente porque uno presume que el director sabe lo que hace y porque a fin de cuentas todo se arregla en posproducción. Siempre dicen eso cuando las cosas salen mal, que todo se arregla en posproducción. Y ahí estábamos, semidesnudos en un pantano que olía a animal muerto, con una heroína rusa que no entendíamos y avanzando en fila india, la hueste de novatos que liberaría al mundo posapocalíptico del posapocalipsis. Al menos eso era lo que yo podía inferir de todo ese circo kitsch y estrafalario. Seguro que Ray y Harold lo recordarían igual o peor si estuvieran vivos. Esos dos eran pesimistas natos y además odiaban rodar en las Filipinas. Ray ya había estado allí doce años antes filmando una película de Monte Hellman y esa segunda vez se la pasó borracho con una muchachita de Bulacán que no tendría ni dieciséis. Antes del viaje, Spencer nos llamaba casi todos los días, hablaba siempre de su amistad con Jack Hill y Pam Grier, ambas amistades resultaron siendo falsas, pero era parte de la atmósfera que había creado para seducirnos, un *big doll house* en medio del Pacífico que atrapaba a cualquiera. Cuando citaba a Jack Hill, que según él era su mentor, uno pensaba que sacaría algo provechoso de la experiencia, ¿sabes? Vamos, es cierto que Hill era solo un bajopresupuestero, pero para entonces sus peleas en el lodo ya eran legendarias en los *grindhouses*. Todos queríamos un poco de exposición como esa. Además, Hill era amigo de Francis Ford Coppola, y si en verdad Spencer conocía a Jack Hill, en teoría estabas más cerca de un papel en una película de su amigo. Así, con sinceridad, era como yo lo veía. Pero claro, Spencer estaba jugando con nosotros. No sabría decirte si lo hizo por puro delirio o por simple estrategia, o pensándolo bien quizá fueron ambas razones, pero ese hijo de puta nos engañó a todos con la figura del paraíso asiático. Nuestra película en realidad era pura improvisación, un montón de incoherencia, y se supone que filmábamos para el mercado estadounidense. No sé por qué Spencer contrató a la Grigoreva, por ejemplo, creo que de joven la había visto en un campeonato de lucha libre y tenía una fascinación con sus músculos o algo así. Pero en el fondo ese no era el inconveniente, el personaje ameritaba alguien con esa corpulencia. Lo que no tenía ningún sentido, desde mi punto de vista, era el factor lingüístico. En ese momento pensé que doblarían su voz en posproducción, porque con mucho esfuerzo Elena Grigoreva alcanzaba a decir hola y sándwich en inglés, y por supuesto ninguno de nosotros entendía sus líneas. Más tarde, sin embargo, supe la verdad. Spencer lo había concebido así. Aquella absurda Torre de Babel era parte de la trama más estúpida del mundo: cuando vivamos en el posapocalipsis todas las nacionalidades y los credos vagarán por el planeta buscando una salvación sin importar su origen, unidos por una sola causa. A mí hasta el día de hoy me parece una idiotez, porque en ese futuro que imaginaba la película no había ni barcos ni aviones para viajar de Kamchatka al Sureste Asiático, solo motonetas Honda que obviamente conducían los malos, los del Círculo de la Mano Luminosa, pero supongo que habrá gente que verá este documental y pensará que Spencer era un tipo creativo. Lo único que puedo decirles es que no sé cómo demonios hizo para dirigir a la Grigoreva sin un intérprete. Sabía sacar algo de esa mujer solamente con señas; en el fondo le hablaba como a los animales, pero al parecer con eso bastaba para él. Era un hijo de puta, ya se los dije. Nosotros, obviamente, nunca recibimos una copia del guion, lo que sí nos dieron fue un tratamiento de quince líneas que hablaba de un mundo desértico y cubierto de una capa de radiación donde reinaba el Círculo de la Mano Luminosa, y también decía algo sobre el huevo de mierda aquel. En realidad, íbamos página a página y era un verdadero desbarajuste, daba la impresión de que Spencer creaba las escenas al instante, como cuentan que hacía Godard, solo que Godard, ya saben, era bueno, y Spencer en cambio tenía el cerebro lleno de arena. Esa escena que se ha hecho famosa gracias a internet, la de los duendes y los pezones, la que tantos muchachitos imbéciles idolatran, pues esa mierda en un inicio no tenía ni duendes ni pezones ni orgía. Al principio había solamente un oso pardo que Ray y Harold, el arquero y el domador de bestias, supuestamente dominaban. Era una secuencia de acción, entrábamos a descansar en una cueva, a pasar la noche, y de pronto nos atacaba el oso, que era en verdad pardo pero dos veces más alto que un *grizzly* normal porque lo iban a filmar con un ángulo contrapicado. Como yo siempre cargaba el puto huevo de la salvación, mi personaje debía ser protegido, no podía guerrear contra nadie. Grigoreva, la bárbara, estaba bajo el embrujo de una pócima que había bebido por accidente en la escena anterior, tendida y fuera de combate. Había que respetar esa continuidad, así que todo dependía de los personajes de Ray y Harold. El problema real fue la coreografía. Harold había ido a la escuela de baile, era muy ágil, pero Ray no sabía dar dos pasos seguidos, además estaba muy viejo ya, era un hombre de más de setenta años y su última película la había rodado en 1959. El asunto es que Ray no pudo memorizar la secuencia de acción y todo se fue por la borda. Además, el oso de circo que consiguieron en Filipinas no tenía dientes, estaba igual de acabado que Ray. Spencer primero pensó en utilizar a Harold en solitario, pero cada vez que ensayábamos la secuencia se veía un poco plana. Es decir, Harold era un buen actor de reparto, no digo que no, el mejor de nosotros en ese grupo quizá, pero no era precisamente un hombre de acción, para esa escena, en esa época, se necesitaba alguien que tuviera el físico de Lee Majors y no una persona tan larguirucha como Harold. No sé en qué momento se cambiaron los planes, la verdad, porque las ideas de Spencer aparecían de improviso, como los balazos de un ebrio, sin embargo dos horas más tarde estábamos rodeados de una familia de enanos filipinos vestidos de prehistóricos, «los Duendes de la Caverna Oscura», de acuerdo con los créditos de la película, y aquello de los pezones fue un producto más de la circunstancia, como lo fue en otro momento la tormenta ácida de amebas y la escena de líquido menstrual en la mazmorra. *Post-Apocalyptic City* era diariamente un carnaval de quinta categoría, una película de serie Z que, siendo excesivamente generosos, tan solo alcanzaba a remedar lo más risible de una producción de bajo presupuesto de Roger Corman, a pesar de que los delirios de grandeza de Spencer se lo pintaran de otro modo a los dos financistas que tenía. Yo me involucré en el proyecto porque quería crecer como actor, y claro, el tiro me salió por la culata. La historia de cómo me sumé al primer largo de Spencer es bastante simple: un amigo me presentó a la supuesta directora de casting cuando le dije que buscaba una oportunidad en un largo de ciencia ficción. Por esa época solamente había conseguido papeles terciarios como extra, un *skater* en una multitud de *skaters* en la película *Redondo Beach*, y había también hecho de campesino, entre otros campesinos, en la escena de fusilamiento de *Lock Up Your Daughters II*, la que produjo la expareja de Susan Sarandon. Después de nueve meses de patear latas en Los Ángeles, decidí diversificarme y ser todo lo atrevido que pudiera cuando se tratara de la selección de personajes a interpretar, mostrarle a cuanto productor, cazador de talento y director que se cruzara en mi camino el alcance de mi rango. Así fue como conocí a Joan, la supuesta directora de casting de *Post-Apocalyptic City* (en realidad era una camarera), el nuevo *sci-fi* independiente y opera prima del director de origen puertorriqueño Spencer Soto. Por supuesto, tiempo después me enteré de que aquel nombre lo adoptó solo para obtener donaciones de la comunidad *nuyorican* y que en realidad había nacido en el seno de una familia italiana de Long Island. Nunca supe su verdadero nombre. No me interesó. Con todo lo bueno y lo malo que implica la mentira, debo reconocer que la mayor virtud de Spencer era definitivamente la de ser un farsante bastante creíble, sobre todo cuando se trataba de la basura que rodábamos. Desde luego nunca nos prometió un salario de seis cifras ni mucho menos estrenar la película en el Teatro Grauman. Todos allí, incluso la Grigoreva y su espada de plástico forrada de papel de aluminio, sabíamos que trabajábamos por migajas y que en las Filipinas había mejores hoteles. Pero lo que Spencer sí nos aseguró más de una vez fue que *Post-Apocalyptic City* nos serviría como un trampolín profesional, que sería una mezcla del *look* de *Zardoz* con la velocidad motorizada de *The Wild Angels* y las espadas y la fantasía de *Jason and the Argonauts*. El tipo de película que asombra a unos pocos críticos el día de su estreno por su fusión de géneros cinematográficos pero que se hace popular de boca en boca con la ayuda de adolescentes que entienden aquello que sus padres o abuelos no saben apreciar. Yo había visto *Zardoz* en el 74. Sean Connery era mi modelo en todo sentido y por eso a Spencer no le tomó mucho tiempo convencerme de la aventura. Acepté aquel camino posapocalíptico porque me vi en él claramente: en medio de las montañas, con una pistola retro en la mano, apuntándole a una gran cabeza de piedra que hablaba como Dios. Quería ponerme unas botas como las de Sean Connery y recordarlo años después en un documental como este. Celebrarlo, ¿saben? Pero lo que el malparido de Spencer me dio con esa película fue solamente una vida de rechazos, mofas hasta de los productores más insignificantes. Nunca pude reparar el daño que me causó *Post-Apocalyptic City* ni volver a la actuación seria. ¿Quién en su sano juicio iba a contratar al tipo que por tres horas inmortalizó a un hombre en pelotas que nunca soltaba un huevo dorado? Cuando acabó aquel *freak show*, participé en el anuncio de una cadena de zapaterías local y después me fui al diablo lentamente en el teatro de un *community college*, hasta convertirme en el único residente de esta casa rodante. Cada cierto tiempo nunca falta gente como ustedes, desde luego, muchachitos con una cámara que piensan que saben de cine solo porque les gusta la utilería barata y las bolsas de sangre artificial. Pero estoy seguro de que ninguno de ustedes vio *Zardoz*; porque si hubieran visto a Sean Connery en esa película, no estarían perdiendo el tiempo con esta mierda ni preguntándome sobre la vida de ese hijo de puta que se hacía llamar Spencer Soto.

Segunda parte: Late Victorian Holocaust

Por un momento fuimos bebés-estrella.
MARIANNE FAITHFULL

Uno

Cuando despierto, dirijo los ojos al techo de la habitación. Lo hago con la misma tristeza de un niño huérfano producto de las guerras entre Oriente y Occidente, pensando que hoy no será un buen día para vivir.

Sé que son los signos del desasosiego, tanto como que el cobertor y las sábanas pesan el doble cuando uno no desea limpiarse las legañas ni quitarse la ropa de dormir. En mi caso, el atuendo nocturno es un atuendo sencillo: los pantalones de algodón con motivos de lunas llenas y lobos que me regalaste para mi cumpleaños, y una camiseta estampada que inmortaliza la figura de William Shakespeare en blanco y negro.

«Ser o no ser» —te lo repetí por las mañanas tantas veces, Paula— se convierte al mismo tiempo en la frase más punitiva y cliché de la historia.

«Ser o no ser, Paula.»

Esa es la cuestión.

Me parece que todavía soy *alguien*, sin embargo ese alguien puede cambiar a menudo. A veces siento que soy alguien introvertido, lleno de amargura y de motivos para encender antorchas y contagiar un fuego inhumano en un caserío construido con materiales innobles, pero incapaz de decírselo a nadie, acosado, desde luego, por mi propia vergüenza. Otras veces soy en cambio notoriamente diferente, un otro extravertido y complejo, emprendedor y absurdo como lo es un perro de la pradera en una cueva subterránea inconclusa que reconstruye con tesón porque nunca pudo terminar de excavarla. Imagino que los perros de la pradera absurdos son de ese modo cuando tienen un plan universal, cuando no desean hibernar con sus semejantes y buscan alcanzar el infinito con esas pequeñas manos terrosas y la histeria natural que reside en ellos.

Un perro de la pradera absurdo

Ya me conoces. Los pensamientos irracionales en voz alta son los que mejor improviso. Como por ejemplo:

«La imaginación, dudo que la imaginación, dudo que...»

«Una comuna francesa de la Baja Normandía en peligro de extinción.»

«William Shakespeare cae del primer piso.»

Y, claro, el inicio de aquella novela absurda que nunca te gustó:

«*Ella recordará más tarde, escuchando un disco de The Jesus and Mary Chain, que existe un lugar llamado Darklands donde siempre es posible presionar el botón de la demencia y no sentirse responsable por lo que sucederá a continuación. Recordará también, en ese futuro hipotético que se halla conectado a un circuito cerrado de cámaras y monitores de vídeo, que el gato de su vecina es un animal sumamente indeseable, un gato fisgón, y que su cola se mueve como una serpiente cuando invade el territorio de su ventana, un lugar que no le corresponde ni a él ni a ningún otro gato. Cuando las horas sucedan a las horas, unas horas más tarde, recordará que su vecina es una persona que huele mal, muy parecida a su gato, porque el amo y la mascota tienden a consumirse el uno al otro cuando el mundo que los rodea es un mundo ordinario y desabrido; recordará en ese momento, al mismo tiempo que las cámaras graban y reportan cada segundo de su actividad cerebral y las imaginaciones que derivan de ella, que su vecina es en verdad una mujer apasionada en la desorganización que profesa, una experta asquerosa (los dientes, el cabello viciado, el olor penetrante de sus ropas y axilas), y que vive en la casa adyacente a la suya con una sobrina de pelo rapado y ojos marrones que podría ser el sujeto de una fotografía en la que Diane Arbus retrata la gloriosa angustia posnuclear del pueblo estadounidense...*».

*Diane Arbus retrata la gloriosa angustia
posnuclear del pueblo estadounidense*

No te gustó que inmiscuyera a Diane Arbus en un asunto tan burdo y tampoco que en el fondo tú fueras la protagonista de la novela. La mujer insomne que vive conectada a un circuito cerrado ficticio, multiplicada en las pantallas de un experimento inhumano patrocinado por una universidad de inclinaciones posmodernistas. La mujer insomne que posa para la cámara sin cerrar los ojos y se repite en *loop* hasta que amanece, y se despierta de pronto porque ha llegado la hora de desayunar:

Queso suizo fundido…

Jugo de naranja…

Galletas integrales...

Café…

El mundo contigo intenta ser el mismo sin ti, Paula. Porque no hubo nada antes de conocerte en aquella fiesta en casa de Rob y Amy y porque siempre me negué a materializar los acontecimientos posteriores a tu desaparición. Puedes verme hoy vistiendo la misma ropa de dormir que me cubría hace cinco años, los mismos pantalones adornados con lobos y lunas llenas. Y disimulo todavía la sonrisa de niño bueno y el cabello corto. Bostezo igual que en el pasado, con ese gesto de ewok gruñón del que tanto te burlabas cuando empezaba el día.

Existe, sin embargo, una certeza pop en el rostro impreso de ese William Shakespeare que llevo en la camiseta. La certeza de un hombre inmortal que reconoce la eternidad de su figura estilizada en una taza o en un esténcil. Lo bello, en el fondo, nunca se desintegra totalmente, ¿sabes? Lo bello nunca termina, Paula. O al menos eso quiero creer.

O tal vez lo bello solo acaba cuando empieza lo espantoso.

O quizás solamente esté diciendo estupideces en voz alta y ya no quieras escucharme.

Un absurdo más, Paula.

¿Un absurdo más?

«I am going to the Darklands.»

En el trayecto me pregunto si alguien lloró por la muerte de Max Horkheimer como lloraron tantos por la de David Bowie. Me pregunto si alguien lloró con desgarro cuando desaparecieron los *cassettes* TDK de 120 minutos y las consolas de videojuegos de Atari. O si un niño de Alepo, abandonado por la humanidad y las Naciones Unidas, piensa en la existencia de Dios en medio del fuego cruzado y las bombardas.

David Bowie murió. Olvidé contártelo.

Y Alepo era una ciudad poblada por niños felices hasta que dejó de serlo.

Es cierto lo que decías acerca de la existencia de Dios, que es un pensamiento pueril; sin embargo es todo lo que tenemos, Paula. Todo lo que nos ha dado el Creador del Cielo y de la Tierra para que no nos sintamos solos.

Y por eso creo en Él.

A pesar de que no sé dónde te encuentras y que probablemente nunca te vuelva a tocar.

Dos

Lo peor de vivir de esta manera es no tener ninguna certeza acerca de tus acciones, de aquello que te condujo a este punto de la historia. No saber si me abandonaste por propia voluntad o si algo vasto e incomprensible: un cometa imparable, el aliento de una supernova, la fuerza de gravedad de un planeta boscoso, te tragó.

Y esa incertidumbre es la que me ha convertido en un insomne que habla consigo mismo.

En un nómada sedentario que coquetea con la esquizofrenia.

Hace poco traje a la vida a un amigo invisible del que estaré eternamente orgulloso y eternamente horrorizado. Es una criatura siniestra como la de Víctor Frankenstein, un ser intermedio entre los mortales e inmortales, pero bastante más pequeño, y representa todo aquello que siempre detestaste de mí. Lo llevo en el bolsillo del abrigo como un recordatorio de lo que soy capaz: lo bueno y lo malo, lo arbitrario, el amor hacia los perros de cola corta, la insatisfacción. Su presencia me hace pensar que tal vez algún día ya no lo necesitaré. Tal vez algún día pueda desprenderme de aquel pequeño cuerpo inarmónico y despertar a las diez de la mañana sin fijar la mirada en el techo.

Eras tú quien podía acostarse y mirar al techo por horas. Siempre quise saber qué era lo que buscabas en esa capa de pintura blanca, si veías algo que yo era incapaz de notar por culpa de mi ceguera de escritor despistado. Tal vez un paisaje o una nueva canción. En el fondo siempre fuiste más receptiva y observadora que yo, Paula, como los niños de los cuentos, como sucede en esas fantasías donde pequeños de seis o siete años pueden percibir algo que los adultos evitan o no se atreven a definir: un hada, un gigante triste, un conejo en apuros vestido como un funcionario de hace tres siglos. No sé si los niños de hoy son tan inocentes, ¿sabes? Los de Alepo sí, porque los adultos se encargan de desmembrarlos y asesinarlos, y todo aquel que muere en desgracia será siempre un inocente. Pero los otros niños, los que comparten pornografía con un teléfono celular o patean animales por placer, esos niños no merecen la misericordia de nadie, Paula. Ya están enfermos.

Un niño que no merece la misericordia de nadie

A veces creo que me convertí en un pesimista solamente para parecerme más a ti. Es cierto que yo no era de este modo; tan solo me dedicaba a hablar mal de la obra de Steven Spielberg y a soñar con un mundo sin él. Pesimistas, en contraste, fueron siempre tus canciones, y tú misma, claro. Esos discos de PJ Harvey y de Kate Bush que hablaban del amor y del horror, y las noches de *Trainspotting* en la sala de estar celebrando como niña delirante las drogas y las ficciones ajenas.

Tal vez nunca te lo dije, pero en realidad eras demasiado británica para ser una neoyorquina al borde del colapso. Odiabas a Blondie y a Joey Ramone tanto como te avergonzaban el dinero y los apellidos de tus padres. Pero podías poner un disco de Elvis Costello decenas de veces y cantar «*Alison*» hasta el amanecer.

Cuando mejor actuabas, claro, me daba la impresión de que en verdad querías vivir en Brístol o Edimburgo. Ser una inmigrante con acento estadounidense a quien todos los cantineros le preguntan por qué cambió Manhattan por esas ciudades fósiles.

¿Quién te entiende, Paula?

Yo no, desde luego.

Yo solo soy un perro de la pradera que se quedó sin ti en pocos segundos.

Absurdo e histérico mientras excava una obra inconclusa.

Todo ha quedado inconcluso, ¿sabes? Vladimir perdió las esperanzas en mí hace mucho tiempo. Ya ni siquiera envía esas aburridas y protocolares tarjetas de Navidad que apilaba en su oficina de la calle 26. Pero no lo culpo; nos esperó a la novela y a mí por más de dos años y luego nos traspasó a esa otra agente literaria, la inoportuna que siempre me abordaba cuando terminaban las presentaciones, ¿recuerdas? Prudence, esa mujer que decías tenía el peinado igual al de Tippi Hedren después de haber sido atacada por una bandada de pájaros. Pero claro, en realidad eso ya lo sabes. Te lo conté cuando todo aquello era lo único interesante que sucedía en mi vida.

¿Hace cuánto tiempo que hablamos de este modo, Paula?

Al principio pensé que solo se trataba de un mecanismo de autodefensa. «Charlar» contigo para soportar el día a día. En cambio hoy pienso que no deseo vivir de otra forma. Te tengo aquí, en casa, en modo fantasmal, y a mi amigo invisible —aquel hijo bastardo de un abyecto Frankenstein del siglo XXI— en el bolsillo de mi abrigo de lana, cuando salgo a comprar el pan y la leche.

Sé lo que vas a decir.

Que me he convertido en el típico novelista deprimido que nunca acaba su nueva novela.

En un cliché.

Y no lo niego, Paula. Lo soy.

Sin embargo, lo que me hace de algún modo singular, y a ti un tanto extraordinaria, es que desapareciste de la faz de la tierra como si de pronto un episodio de *Twin Peaks* hubiera brotado de la pantalla del televisor para reordenar el universo. Y eso, como entenderás, es sumamente extraño.

Un episodio de Twin Peaks *antes de brotar
de la pantalla*

Tres

¿Recuerdas aquella noche?

Entramos en un bazar para leernos las cartas después de una conferencia sobre Flannery O'Connor. Creo que Flannery O'Connor se había puesto de moda por esa época. En realidad, empezamos a escuchar la charla con poco interés y como era de esperarse nos aburrimos en cuestión de minutos. Tú más que yo, obviamente. A las cantantes de rock les gusta leer poesía y una que otra novela, pero jamás escuchar discursos teóricos sobre literatura. Recuerdo bien que tenías puestos unos audífonos y movías la cabeza siguiendo el ritmo de algo.

Quizá una de esas afonías de Marianne Faithfull que tanto te gustaban.

O tal vez un disco de Portishead.

Después de tu partida, Marianne Faithfull sacó dos álbumes más: *Horses and High Heels* y *Give My Love to London*. Compré ambos y los puse en tu repisa. En uno de ellos hay una canción compuesta por Nick Cave llamada «*Late Victorian Holocaust*». Pensé que te gustaría saber que es sumamente deprimente.

En realidad, no he tocado nada más de tu parte de la casa. Los amplificadores y las guitarras siguen en el mismo rincón donde los dejaste por última vez. Descuida, no estoy tan loco como para pensar que se encenderán milagrosamente una madrugada, que me despertaré, como solía hacerlo, con el sonido de tu música. Son simplemente las cosas que se quedaron en el mundo que compartíamos. La otra opción sería venderlas en una casa de empeño por $500 y eso es algo que no pienso hacer.

En parte porque no sabría qué hacer con el dinero.

Y en parte porque mi vida contigo, aunque ya no te encuentres aquí, sigue siendo de algún modo la misma.

Por supuesto, ahora trato de no atormentarme con preguntas que no puedo contestar. No sé si tu desaparición se debió a algo tan absurdo como una combustión espontánea o si un portal invisible te condujo a la mañana del 5 de octubre de 1866, en alguna calle de Mánchester. La policía nunca llegó a una conclusión, y McBride, el detective que contrataron tus padres, tampoco pudo, a pesar de las absurdas pruebas de polígrafo y de toda la desconfianza que tu familia depositó en mí. En algún momento quise en verdad ser un asesino solamente para explicármelo de ese modo, ¿sabes? Si mi perversidad o mis celos o mi resentimiento hubieran acabado contigo, al menos tendría la garantía de que te estrangulé, o de que los pedazos de tu cuerpo descansan dentro de una bolsa de basura en el fondo de un lago.

No sé si te lo conté, pero las cartas me dijeron aquella noche que nunca iba a terminar el segundo libro, por más intentos que hiciese. La sentencia que cualquier escritor acosado por un agente literario desea escuchar.

Por supuesto, hasta el momento no se equivocaron. No he podido escribir una sola palabra desde entonces. Vladimir fue testigo en primera fila del ascenso y la caída de «la nueva promesa de las letras estadounidenses». Ahora me representa la agencia de Prudence, lo que significa que pasé de la rígida ortodoxia de un descendiente de bielorrusos a la religiosidad metodista y capitalista. Al menos me queda claro que Vladimir no me quería en su agencia simplemente por el éxito de la primera novela. Asumo que me dejó ir porque después de tantas llamadas y peticiones ya no sabía cómo comunicarse con un cliente tan patético como yo. Los lacayos de Prudence, desde luego, no son más diestros en la tarea, sin embargo se sienten suficientemente retribuidos con las nuevas traducciones del primer libro y la adaptación al cine que está produciendo una compañía surcoreana. Quién iba a pensar que una de esas estúpidas novelas sobre la gran distopía contrafactual iba a continuar dándome de comer después de doce años, ¿no?

Antes de que el tarotista empezara a leerte las cartas me echaste del bazar con la promesa de que no tardarías más de diez minutos. Me disgustó, desde luego, aunque finalmente te seguí la corriente porque no deseaba armar una escena delante de todos esos extraños. Presenciar el rito de las cartas desde la calle, sin embargo, se me hizo casi ilusorio, como si en vez de vivirlo estuviera recordándolo con esa pátina de ficción que otorgan los recuerdos. Por un momento tuve la sensación de que te eternizabas, observándote a través del cristal como si en realidad estuviera viendo una proyección de uno de esos viejos cinematógrafos de los hermanos Lumière.

Sé que te va a sonar tonto, Paula, pero pienso que algo se transformó a partir de esa noche y que tú también lo sentiste y preferiste callar.

Una especie de reverberación silenciosa que sin embargo tuvo lugar en las aceras y las avenidas de esta parte de la ciudad de Nueva York.

Concuerdo en que el elemento del anuncio sobrenatural es otro cliché que las películas de Hollywood se encargan de reproducir constantemente («la bola de cristal luminosa», «el tarot y sus arcanos», «la mujer envejecida con acento búlgaro que lleva un pañuelo en la cabeza»), pero después de tantos años sin poder tocarte solamente puedo creer que algo beneficioso concluyó y que una esencia distinta se esparció en la noche a partir de esa tirada.

Una apertura en negro que absorbió la placidez de nuestra bohemia citadina.

Como el día que Diane Arbus vio las imágenes de la sesión fotográfica en la que retrató a un grupo de pacientes mentales celebrando Halloween. Cuerpos enmascarados incapaces de comunicarse emocionalmente con la cámara. Cuerpos que no saben posar ante la fotógrafa y alteran el significado de todo lo vivido anteriormente. El día que Diane Arbus gesta la decisión del suicidio porque se da cuenta de que el arte no la salvará.

En el fondo, hubiera preferido que te suicides a no tener certezas como hasta ahora. Volver a casa después de una reunión con Vladimir y encontrarte en la tina de baño vistiendo mi camiseta de William Shakespeare: venas sangrantes, ingestión de píldoras, y como música de fondo una balada de Elvis Costello. Esa hubiera sido una puesta en escena más creíble, y hasta la hubiera asociado a tus obsesiones con la muerte o a la vergüenza que te causaba la posición económica de tus padres, o a la venganza que siempre planeabas para ellos y sus amigos.

Tu desaparición habría tenido de ese modo al menos una lógica implícita, Paula.

Pero no fue así.

Simplemente dejaste este mundo de forma inesperada mientras yo trataba de explicarme que lo que había visto en la habitación que compartíamos solo ocurría en la ciencia ficción o en un libro de fantasía japonesa; mientras trataba de explicarme la repentina posibilidad de la desmaterialización de tu cuerpo, el desvanecimiento de tus pasos segundos antes de que alcanzaras el tirador del ropero donde pensabas colgar el suéter que acababas de quitarte.

Aquella extraña singularidad que definitivamente nos dividió.

Y ya han pasado cinco años desde entonces.

Cinco años que implican que Rob y Amy se casaron y se mudaron a San Bernardino; que Alepo, otrora grandiosa y sofisticada, es ahora una ciudad de fierros retorcidos y esqueletos empolvados por la guerra; que la mujer de la tercera planta, la señora Harris, murió sola y nadie se percató de su ausencia hasta siete días después.

Cinco años terribles, Paula.

Y yo sin saber dónde estás.

Índice

SALVADOR LUIS RAGGIO MIRANDA

LIMA, 1978

Licenciado en dirección de cine y doctor en literatura y cultura hispánica (University of Miami). Es autor de los libros de cuentos *Miscelánea o el libro geminiano* (2006) y *Shogun inflamable* (2015), y de las nouvelles *Zeppelin* (2009), *Prontuario de los pies y de los zapatos* (2012) y *Tres baladas* (2018, en coautoría con Juan Manuel Candal y Ramiro Sanchiz). Como editor ha preparado diversas antologías de cuento iberoamericano para editoriales de América Latina y España, entre ellas *Asamblea portátil* (2009), *La condición pornográfica* (2011) o *Kafkaville* (2015), así como la colección de ensayos *Salón de anomalías. Diez lecturas críticas acerca de la obra de Mario Bellatin* (2013). Actualmente se desempeña como profesor de cine y literatura y dirige la revista cosmicacalavera.com.

www.salvadorluis.net

@UnRaggioLaser

ELEKTRIK GENERATION
2017

www.ingramcontent.com/pod-product-compliance
Lightning Source LLC
Chambersburg PA
CBHW020619180626
46810CB00007B/2848